徳 間 文 庫

その朝お前は何を見たか

笹沢左保

目次

design：coil

第一章

誘拐の声

1

父と子は、草のうえにいた。

父は短く刈り込まれた草のうえに、仰向けに寝転がっている。重ねた両手を枕代わりにして、伸ばした左右の脚を足首のところで交差させていた。

あたりは草原のように広々としていて、青空の下に巨大な空間が横たわっている。人の気配もなく、静かであった。

初秋の日射しが天の恵みのように、隈なく地上へ降りそそいでいる。

暑くなく寒くもない陽気に、時間の経過を忘れさせるような静寂である。それに澄んでいる空気を加えて、居眠りを誘うのが当然みたいな環境だった。

だが、父は目を閉じることもなく、さっきからじっと青空を見上げていた。

息子は父とのあいだに、三メートルほどの間隔を置いて、草のうえにすわっている。何かを、しているわけではなかった。

思い出したように、むしった草を投げ散らすだけで、あとはただぼんやりと項垂れている。

景色を眺めたり、周囲に目を配ったりもしない。立ち上がって、駆け回ることもなかった。

すわったまま動かずにいて、伏せた目は地面しか見ていない。親に叱られて帰る家を失い、悲しみに耐えている孤独な幼児のようであった。

父子がここへ来てから一時間以上もたっているが、二人ともまだ言葉というものを口にしていなかった。

間もなく、正午になろうとしている。

一緒にいるというだけで、父子のあいだには何の交流もない。互いに黙り込んでいて、それぞれ勝手な思いにふけっているようだった。

しかも、父子はそのことを苦にしているどころか、それが当たり前というように、ともに知らん顔でいるのである。

父は頭の近くに、持参のラジオ・カセットを置いていた。

ボリュームを絞ったラジオの音楽が、遠くから聞こえてくるように流れている。レコード音楽が一曲終わるたびに、懐かしいウエスタンの名曲をお送りしていますと、アナウンサーが説明を加える。

東京都下の調布(ちょうふ)飛行場であった。

父子は、その西側の芝生(しばふ)のうえにいた。南には住宅が建ち並び、その手前は甲州街道である。

東側を、アスファルト・コンクリートの滑走路が、走っている。長さ八百メートル、幅三十メートルの滑走路だった。

父子の正面の滑走路の向こう側にエプロンがあり、航空局や飛行場関係の建物が密集している。格納庫もあって、かなり多くの軽飛行機が白い機体に日射しを浴びていた。

飛行機の発着は、あまり頻繁ではない。思い出したように離陸し、また忘れたころに着陸するという飛行場で、軽飛行機のプロペラによる爆音は、それこそ眠りを誘うようにのんびりとしていた。

九月二十五日、金曜日。

暦のうえでは秋というべきだが、まだ残暑に汗が噴き出す日もあった。やはり、初秋ということになる。

父子は依然として、同じ姿勢と状態を保っている。

父――。

三井田久志、三十五歳。

子――。

三井田友彦、六歳。

三井田久志にとって、今日は勤務明けの休日であった。休日の午前中はこうして、調布飛行場の芝生に寝転がって、ぼんやりと過ごすことになっている。

午後には家に帰って昼寝をするというのが、この数年間の三井田久志の習慣になっていた。

妻の沙織がいたころは、その習慣にずいぶんとケチをつけられたものである。休日の朝、三井田久志が家を出ようとすると、必ず沙織のヒステリックな声が飛んでくる。

「どこへ、行くんですか！」

わかりきっていることなので、三井田久志は黙っている。

「また、調布飛行場なんでしょ」

沙織の視線が、三井田の横顔に突き刺さる。

「そうだ」

三井田は、背中で答える。

「いいかげんにしたら、どうなんでしょうね！」

「今日は、休みだ」

「そんなこと、わかっているわ」

「金を使って、遠くへ遊びに出かけるってわけじゃない」

「そのほうがまだ、わたしとしてもすっきりするわ。悔しかったら、豪遊しに出かけたらどうなの」

「口先だけで、ものを言わないほうがいい」

「だって、情けないじゃないの。大の男が飛行場の片隅に寝転んで、腑抜けみたいに空を見上げているなんて……」

「それが、おれの趣味なんだ」

「嘘！　未練よ、あなたの未練というものよ！」

「まあ、未練がまったくないと言ったら、確かに嘘になるけど……」

「未練を残すくらいなら、どうしてパイロットをやめたりしたのよ。あなたはＤＣ８だって、ＤＣ10だって操縦できる人間だったんじゃないの。副操縦士だったかもしれないけど、あなたは東洋航空のれっきとしたジェット機のパイロットよ。それを意気地のない理由で勝手にやめちゃったくせに、いまさら未練も何もないもんだわ」

「お前の言うとおりだ」

「ジェット機のパイロットが軽飛行機を眺めて、自分を慰めている姿なんて女のわたしが見ても、情けなくて腹が立つわ。あなたも、男なんでしょ。男だったらもう少し、覇気を持ったらどうなの」

「おれは、意気地なしさ」

三井田は、ドアの外へ出る。

「あなたの顔なんて、もう見たくもないわ！」

沙織の罵声が、ドアを突き抜けて追ってくる。

いまになって思うと、よくも飽きずに同じような言い争いを、繰り返したものである。いや、争っているのは沙織だけで、三井田のほうは相手にならずにいたのかもしれない。だが、それももう、遠い過去のことになったのだ。

三井田久志が東洋航空を退職したのが四年前で、顔を合わせれば沙織に罵倒されるという日々が続いたのは、そのあとの二年間であった。

二年後のある日、沙織は突如として姿を消した。

宝石や貴金属、衣類など沙織の貴重な所有物と、預金通帳、有価証券といったものも一緒に消えていた。残っていたのは、簡単な置き手紙だけだった。

わたしを、捜さないで下さい。友彦を、お願いします。

走り書きには、そのようにあった。ひと握りの灰を残して、沙織は煙のように消えたのである。

蒸発という家出だった。

しかし、何も蒸発という非常手段を用いて、姿を消す必要はなかったのだ。三井田のほうで、強硬に離婚を拒んだわけではない。どうせ、二人のあいだの亀裂を、埋めることはできない夫婦になっていたのであった。

一年前から夜の生活もなく、名ばかりの夫婦になっていた。

沙織がそれを望むなら、三井田も協議離婚に応じただろう。そのことは沙織も、よく承知していたはずなのである。

それなのに沙織はなぜ、こそこそ逃げ出すように蒸発などしなければならなかったのか。

それにもうひとつ、沙織が友彦まで見捨てたということが、重大な鍵になっていた。当然のことながら沙織も、わが子だけは可愛がっていたのである。

ひとりしかいない子どもであり、母親なしでは夜も日も明けない友彦だった。その友彦に関しては沙織も、過保護なほどに気遣っていた。ネコ可愛がりにしても、それはまさしく母親の愛情であった。

しかし、沙織は実家にあずけようともしないで、友彦を置き去りにして姿を消したのである。

なぜか。

二つの疑問に対して、答えはひとつしかなかった。

世間に最も多い例だが、沙織は不貞を働いたのだ。つまり沙織には男ができて、密会だけでは満足できないほど、その愛人に打ち込んだということになる。

愛人ができてから、夫に協議離婚を求めるだけの勇気が、沙織にはなかったのだろう。離婚が成立しないうちに、愛人の存在がバレてしまうことも、沙織は恐れたのに違いない。

事は、急を要する。

実家に、相談できることではない。

それに男が、子どもまで引き取ることには不承知だった。子どもが一緒では、蒸発しての新生活の妨げになる。

男への愛を諦めるか、それとも子どもを諦めるか。そのように二者択一を愛人から迫られて、沙織はわが子を見捨てることにしたのだろう。

それだけ沙織は、男に夢中になっていたのに違いない。

蒸発する四カ月前ごろから、沙織の服装や化粧が華やかになり、夜遅くまでの外出が多くなったことに、三井田も気づいていた。おそらくその四カ月が、沙織の恋愛期間だったのだろう。

三井田は注文どおり、蒸発した沙織の行方を捜さなかった。責任上、沙織の実家に知らせただけで、あとはまったく知らん顔でいた。

不可解な家出ではないし、生死不明というわけでもない。

捜さないでくれという当人の希望もある。

それに、男ができた妻を連れ戻そうとすることほど、無意味で馬鹿げた行為はないのだ。

沙織に未練はないし、離婚したと思えば、かえって気が楽になる。

それからの二年間、休日の午前中は調布飛行場の片隅で過ごすという習慣を、誰に非難されることもなく維持している。いつも、友彦が一緒であった。

一緒というだけで、友彦は父親と口をきこうともしない。

しかし、友彦が父親と行動をともにするというのは、本来ならばあり得ないことなのである。

　三井田は東洋航空を退職して、運送会社に勤務している。三井田が運転するのは、11トン車のニッサンディーゼル・フルトレーラ・トラックで、遠距離ターミナル間の拠点運送が仕事だった。

　もちろん、三井田の休日は日曜祝日に無関係で、勤務明けの平日ということになる。今日にしても、金曜日なのであった。

　友彦は今年の四月から小学校一年生であり、それ以前は幼稚園児でなければならない。小学生や幼稚園児が平日の午前中に、父親と二人だけで飛行場にいたりするはずはないのだ。

　友彦は幼稚園にも、ほとんど行かなかった。

　その理由として友彦は、お母さんがいないからだと言い張った。だが、小学生になると通学しないことの理由が変わって、友彦はみんなが怖いからだと主張した。

　いずれにしても、母親の蒸発が原因になっているのである。専門医も、その点は認めている。

　単なる登校拒否や自閉症とは違うのだという。その専門医は、精神病理学上『自閉症』というものに否定的で、『情緒障害』と診断を下した。

沙織は夫がジェット旅客機のパイロットから、遠距離トラックの運転手に転職したことで決定的な不満を持った。そのために沙織は三井田を、友彦の父親としても認めないようになった。

そのころから沙織は、友彦の親は自分だけであり、ほかの人間はたとえお父さんだろうと頼りにはできないという教育を、わが子に押しつけるようになった。

なるほど、沙織が蒸発する半年ほど前まで、彼女がよくそのようなことを友彦に言い聞かせているのを、三井田も耳にしたものだった。

「あなたのお父さんは、友彦ちゃんやお母さんのしあわせなんて、これっぽっちも考えていないのよ。自分のいいように生きていくお父さんで、友彦ちゃんやお母さんのことなんて、どうだっていいんですからね」

「お母さんや友彦ちゃんに、いやな思いや苦しい思いをさせても、お父さんは平気でいられる人なのよ。お父さんはとても意気地なしで、男じゃないの」

「だから、友彦ちゃんの面倒は、お母さんが見てあげるわ。友彦ちゃんのことだったら、何でもお母さんがやってあげるからね。心配しないで、お母さんだけを頼っていればいいのよ」

「お父さんはね、ジェット機のパイロットのくせに、空を飛んでいるのが怖くなって、お仕事をやめてしまったの。そんなに意気地なしで駄目なお父さんが、友彦ちゃんのほんとのお父さんなのかしらね」

「友彦ちゃんだって、意気地なしのお父さんなんていらないでしょ。お母さんだけいれば、それでいいものねえ」

「いまに、お母さんと友彦ちゃんと、二人だけで暮らしましょうね。お父さんとは、バイバイしたって平気でしょ。そうよ、いい子ねえ」

こうした沙織の言葉を聞いても、どうせ当てこすりだろうと思って、三井田は無視することにしていた。だが、それが幼児の性格や、精神作用に、少なからず影響を与えていたらしいのである。

沙織は言葉だけでなく、日常のすべてにおいて友彦の行動に干渉し、生き方を占有していた。

徹底した過保護であり、悪い意味での分身になりきっていたのだ。友彦も沙織だけに甘え、母親だけを頼りにしていた。母親がいなければ、笑顔も見せない友彦だった。

しかし、あるとき突然、沙織は友彦に対して冷ややかになった。友彦を甘やかすにしても、沙織は半ばうわの空だったし、友彦を他人にあずけて夜遅く帰宅する。

そして間もなく沙織は、友彦の目の前からも消えてなくなったのである。

唯一の味方を失ったことで、友彦はひとりぼっちの孤独な生きものとなり、すべての人間を敵視しなければいられなかった。みんなが怖いからと、家の外へ出ようとしないのも、そのせいであった。

強迫観念に捉われているのでもなければ、被害妄想でもないのだ。味方がいなくなったから、あとは敵ばかりという単純な恐怖感なのである。

同時に、コンピューターが故障したロボットのようなもので、みずからの心によって判断することができない。つまり、人間としての情緒障害であった。

何かのキッカケによって情緒作用に影響を受けるか、あるいは心身の成長を待つほかはないだろうと、専門医は今後の見通しについて診断を下した。

最近は特定の人間がすすめる食事は受け入れるし、逃げ隠れもしなくなった。だが、その特定の人間に対しても、友彦は口をきこうとしない。

三井田が留守のあいだは、家の中に引きこもっている。父親が一緒でなければ、外へ出ようとはしないのだ。

三井田と行動をともにすることで、こうして調布飛行場へもやってくるのであった。ただし、三井田が相手だろうと友彦は、ほとんど感情というものを表わさない。それに、三井田のほうから話しかけない限り、友彦は言葉を口にしなかった。

いまもなお病気ということで、学校は長期欠席を続けている。父子の無言の行を冷やかすように、ラジオが正午の時報を告げた。

正午のニュースが、始まった。

「朝のニュースでもお知らせしましたが、京都の紅蘭女子大生誘拐事件について、京都府警本部長から異例の公開捜査の発表がありました」

緊張しているというよりも、悲痛なアナウンサーの声がそう言った。

そのあとアナウンサーは、人命尊重のために警察当局の要請に応じ、二十日のあいだこの事件に関する報道を差し控えていたことを告げてから、経緯の説明にはいった。

その説明によると、事件発生は今月の五日だったという。誘拐されたのは、東西銀行の頭取藤宮善次郎の長女で、京都紅蘭女子大の文学部四年生藤宮陽子、二十二歳であった。

藤宮陽子は九月五日に六甲山(ろっこう)の山荘から姿を消し、翌六日の夜になって誘拐をほのめかす犯人からの電話がかかった。

このときはまだ藤宮家に録音装置の用意が整っていなかったので、犯人は男の声ということしかわからなかった。

しかし、誘拐事件であることが明らかになったので、藤宮家ではすぐさま警察へ届けたのである。

警察では藤宮家に、録音装置と逆探知装置をセットして、犯人からの二回目の電話を待ち受けた。

二回目の電話は、七日の午後七時五十分にかかって来た。だが、一回目と違って、女の声に変わっていた。

「ここで、その二回目の電話で収録された犯人のひとりと思われる女の声を、お聞かせします。女性の声が犯人、男性のほうは藤宮善次郎氏です」

アナウンサーは、そこでいったん説明を打ち切った。

三井田久志は、眠くなるのを感じていた。正午をすぎたのだから、もう飛行場での心の憩いの時間は終わりであった。家に帰って昼飯を食べて、そのあとは昼寝である。

そう思いながら、日射しと微風の心地よさに、なかなか別れを告げる気になれなかった。

初めて聞く誘拐事件のニュースも、眠気を覚ましてはくれなかった。京都で起こった事件ということで、身辺に迫る何かがピリッとこないのかもしれない。

だが、そのとき三井田は、友彦の声を耳にしたのである。

「お母さん……」

友彦は、そうつぶやいたのであった。

2

三井田久志は、二つのことに驚いていた。そのひとつは、話しかけたわけでもないのに、友彦のほうから言葉を口にしたということだった。

もうひとつは、『お母さん』という友彦のつぶやきの意味である。

三井田は腹這い(はらば)になって、ラジオ・カセットを見つめた。ラジオからは、犯人と被害者の父親のテープの声が流れている。犯人のほうは、女の声であった。

「昨夜の電話は、男性からでしたけど、あなたはどなたです」

「だから、お宅のお嬢さんをあずかっている者だって、言っているでしょ」

「だったら、あなたも昨夜の男性と同じ……」

「男と女が共謀したって、おかしくないじゃありませんか」

「それで、娘は……。陽子は、無事なんでしょうね」

「こちらの要求に応じたら、ちゃんとお返しします。いいですか、現金で一億円、用意して下さい」

「一億円なんて、そんな馬鹿な……」

「冗談で、こんな電話をかけているんじゃないんですよ」

「無理は、無理ですよ」

「だって、お宅は銀行の頭取でしょ」

「そんなことを、言われても……」

「今日は、これだけです」

一方的に電話を切る音が聞こえて、テープは終わったようだった。

三井田は、ラジオを消した。心臓のあたりに、痛みを感じた。三井田は立ち上がって、ラジオ・カセットを手にした。友彦のほうを見ないようにして、彼はゆっくりと歩き出した。

振り返らなくても、友彦はついてくるに決まっている。その友彦は、もう口をきかなかった。

三井田も、無言であった。二メートルほど遅れて、友彦は父のあとを追った。大小の相似形となって、父子は調布飛行場の滑走路を迂回(うかい)した。

「お母さん……」

という、友彦のつぶやきが、三井田の耳に残っている。

それは、驚きのつぶやきではなかった。喜んだり、懐かしがったりの声でもない。いくら感情を表わさない友彦でも、沙織に関しては別なはずだった。

だとすると、友彦にもあれは母親の声に間違いないという確信は、ないのではなかろうか。

よく似ている声を聞いて沙織だと直感し、友彦は思わず『お母さん』というつぶやきを洩らしたのかもしれない。

確かに、似ていた。

沙織は、群馬県の前橋市出身である。前橋市民にはもともとナマリがないし、沙織は短大にはいったときから、ほとんど東京で生活している。

したがって、沙織は標準語を喋る。

女の誘拐犯人の電話での言葉には、まったくナマリがなかった。標準語と言って、いいだろう。

沙織の声には、特徴があった。甲高いほうで、やや鼻にかかるような甘い声なのだ。特に笑ったときは、男の耳に快いほど甘ったるい声になる。

誘拐犯人の声にも、やや鼻にかかるような甘さがあった。笑えばもっとはっきりするだろうが、誘拐犯人が脅迫電話で笑うはずはなかった。

沙織にそっくりというか、同質の声であることに間違いはなかった。しかし、誘拐犯人なら当然、声を録音されていることは計算ずみである。

録音されれば一般に公開されて、全国の人間に自分の声を聞かれることになるかもしれない。

正直に自分のナマの声を出せば、肉親や友人に察知されることだろう。その点を考慮して、誘拐犯人は声を作るか、変えるかしなければならない。

いまの誘拐犯人の声にも、くぐもるような部分があった。ハンカチなどで口を押さえて、喋っているということも考えられる。そうなると、誘拐犯人が誤魔化(ごまか)したために、沙織の声に似てしまったということもあるはずだった。

もうひとつ、沙織には変わった癖がある。喋っている途中で、小さな咳払(せきばら)いをするのだ。

当人は無意識でやっていることだが、聞いている側には癖として受け取れる。咳払いというほどはっきりしたものではなく、言葉の区切りに軽く喉(のど)を鳴らすのであった。いまの誘拐犯人の言葉の区切りに、そうした癖を聞き取ることはできなかった。

だが、何とも言えないと、三井田は歩きながら思った。

沙織の声によく似ているし、そっくりだと決め込む者もいるだろうが、違うと明確に否定できないこともないのだ。

三井田には、まさかという先入観もある。あらゆる意味で褒(ほ)められた女ではないにしろ、沙織が誘拐犯人にまで成り下がるとは思えなかった。

もし、誘拐犯人が女の単独犯だったとしたら、三井田もあり得ないことだと否定できる。沙織には、ひとりでそんなことをする勇気も度胸もない。

だから、気になるのは男女の共犯という点であった。沙織は男に夢中になって、蒸発という大それたことをやってのけたのだ。その男が悪党で犯罪を企んだ場合、共犯というかたちで沙織も引き込まれる可能性はあるだろう。

甲州街道を南へ渡って、京王線の西調布駅を通りすぎると、間もなく上石原二丁目である。

その中央自動車道寄りに、調布台団地はあった。まだそう古くはないが、五階建ての建物が六棟だけという小ぢんまりとした団地だった。

全室が３ＤＫで、平均家族数が二・五人となっている。

四年前までは、中野区にある東洋航空の社宅に住んでいた。社宅住まいをしているうちに、マイホーム建築の資金を作るというのが沙織の夢であり、貯金にも励んでいたらしい。

しかし、三井田が東洋航空を退職したことで、すべては夢のままに終わったのである。社宅を出て、一家はこの調布台団地に移り住んだ。

マイホーム建築のための貯金も、馬鹿らしいということで沙織は中止した。三井田がパイロットという職業を捨てたこと、東洋航空という大企業と絶縁したこと、マイホーム作りの夢を諦めて団地に住むようになったことと、この三つが沙織に悪妻の素質を発揮させた主なる原因だった。

四年前の沙織は、二十六歳であった。わがままなところがあり、派手好みで、容姿にも自信があったようである。

いずれにしても、戸籍上はともかく三井田と沙織の恋愛結婚は、五年間で終わったのだ。

A号棟三階にある部屋のドアをあけながら、もう三十になったのかと三井田は、胸のうちで沙織の年を数えていた。

「お帰り」

向かい合いの部屋のドアがあいて、結城淳子が姿を現わした。

その背後に母親のユキエがいて、娘の肩越しに顔をのぞかせていた。正午になったら三井田と友彦が帰ってくると、結城母娘にはわかっている。

それで母娘は、三井田と友彦の帰りを、心待ちにしていたのに違いない。向かい合いの部屋となると、ドアを開閉する気配は、互いにわかるものなのだ。

結城母娘とは、この団地へ越して来たときからの付き合いである。かつては沙織も、結城母娘と心安い仲だった。

その沙織が蒸発してからは、いっそう結城母娘との接触度が深くなった。まるで肉親のように親身になってくれる母娘には、三井田も友彦も一方的に世話になっているのであった。

友彦が逃げ隠れせずに、差し入れられた食事も素直に受け取るという特定の相手とは、この結城母娘のことなのである。友彦が無防備でいられる人間は、この世に三井田と結城母娘の三人しかいないのだ。

結城淳子は、悲しむことを知らないみたいに陽気な性格だった。おそらく、泣きたくても湿っぽい感情は押し殺して、明るい笑顔を作っていられる芯（しん）の強さが、結城淳子にはあるのだろう。

働き者で、ぼんやりしているということがない。

母親のユキエにも、陰気なところがまったくない。お人よしで、無類の世話好きである。肥満した身体（からだ）に似合わず、よく気がつくし、こまごましたことをやってのける。人情家だが、他人の心の傷には絶対に触れなかった。

母娘そろって、よき時代の下町の人間を思わせる。

「カレーライスよ」

結城淳子が、真っ白な歯をのぞかせた。

「どうも……」

三井田は、頭に手をやった。

三井田が留守のあいだは、友彦の三度の食事をユキエが作ってくれる。三井田が休みの日も、昼飯は淳子が用意する。食事に関しては、父子ともに結城家の居候と変わりなかった。

「いま、運んでいくから……」

淳子は、奥へ引っ込んだ。

「野菜ジュースを、忘れずにね」

振り返って、ユキエが言った。

「すみません」

三井田はまた、頭に手をやった。

照れると、頭へ手がいってしまうのだ。厚かましく世話になりすぎているという気持ちがあるせいか、結城母娘の前ではやたらと照れ臭がる三井田であった。

三井田と友彦は、部屋の中へはいった。ダイニング・キッチンを二方から囲むようにして、六畳の和室、四畳半と六畳の洋間が並んでいる。

父子二人だけの住まいとして、せますぎるということはない。だが、主婦のいない家は、どことなく雑然としている。その殺風景な雰囲気に、もう慣れてしまってはいる父と息子であった。

結城淳子が、はいって来た。金属製の四角い岡持(おかも)ちを、手にしていた。それには『宝来亭』と黒い文字が記されている。

宝来亭とは、淳子が西調布駅前でやっている中華ソバ屋だった。淳子の父親が始めた店だが、その父親がひどいリュウマチのために動けなくなった。

父親はいまでも寝たきりで、ユキエが長時間、家をあけることを許さなかった。仕方なく、淳子が宝来亭を引き継ぐことになったのである。

しかし、淳子の明るい性格と気風(きっぷ)のよさが、客を呼ぶ結果となり、宝来亭は以前にも増して繁盛するようになった。

各種の中華ソバのほかに御飯ものを加えて、出前のほうでも驚くほど得意先を増やしたということだった。

去年から宝来亭の隣りで、『淳』という小さな喫茶店を始めて、そっちのほうも順調にいっている。従業員は七人だけだが、いまや淳子は二軒の店の経営者であった。

金属製の岡持ちは、宝来亭から余分なのを持って来て、結城家から三井田家へ食事を運ぶのに使っているのである。

「さあ、どうぞ」

ダイニング・キッチンのテーブルのうえに、カレーライスと野菜ジュースを並べて、淳子は自分も椅子(いす)のひとつに腰をおろした。

淳子に対しても口をきこうとしない友彦だが、食べることに遠慮はしなかった。友彦は黙々と、カレーライスを食べ始めた。特にカレーライスは、友彦の大好物なのである。

「いかが」

淳子はラッキョウの容器を、三井田の前に置いた。

「いただきます」

三井田は、淳子の顔に目をやらなかった。

逆に淳子の視線を、顔に感じていたからだった。淳子の好意を意識すると、いっそう彼女がまぶしく感じられる。

淳子の年齢を、三井田は正確に知っていない。多分、二十七ぐらいだろうと、見当をつけている。

三年前から宝来亭を引き継いだ、働き者の淳子は商売熱心でもある。喫茶店まで始めたからには、婚期も遅れることになるだろう。三井田と友彦のために尽くしていては、なおさらであった。

淳子は、美人だった。

色は白くないが、大きな目が印象的である。目鼻立ちがチャーミングで、薄めの唇もいいかたちをしている。それに、真っ白な歯の美しさが、特に人目を引く。

やや小柄だが均整のとれた肢体には、成熟した女が感じられる。おそらく大勢の男たちが、この魅力的でしっかり者の女に、心惹かれているのに違いない。

そうした淳子を独り占めにしているようで、三井田は気が引けることもあった。当分、結婚するつもりはないと、淳子は宣言しているが、そんなことを言わずに早く結婚したほうがいいと、三井田は思っている。

そのくせ、三井田の心のどこかに、淳子はみずからの宣言を守るに違いない、という期待感があるのだった。

「三井田さん、浮かない顔をしているみたい」

不意に、淳子が言った。

「いつも、浮かない顔をしていますよ」

三井田の口へ運ぶスプーンの動きが、にわかに早くなっていた。

「あのテープの声を、聞いたからじゃないんですか」

淳子にしては珍しく、笑いを忘れた顔になっていた。

三井田は、返事をしなかった。無理に口へ詰め込むようにして、カレーライスを食べ続ける。

肯定を意味する沈黙であった。

「そうなのね」

淳子は同情し、いたわる目を友彦へ移した。

淳子の言葉を気にもとめていないらしく、友彦は食べることに専念していた。

やがてカレーライスを食べ終わって、野菜ジュースを半分ほど飲むと、もう友彦はそこに留まっていなかった。さっさと食卓を離れて、友彦は六畳の和室へはいっていった。

その六畳の和室が、友彦の部屋になっていた。そこで一日の大半を過ごすし、ほかの部屋にはほとんど出入りしなかった。

二年間、友彦はその部屋で、沙織とともに寝起きしていたのである。そこはいまでも友彦にとって、母親の匂いを嗅ぎ取れる安息の世界なのだ。

「ご馳走さま」

三井田は楊枝で、大粒のラッキョウを突き刺した。

「お粗末さま」

淳子はカレーライスの皿を、金属製の岡持ちの中に戻した。

「淳子さんはテープの声を、何度も聞いたんですか」

三井田は、ラッキョウを口に含んだ。

「今朝とお昼のテレビで……」

淳子は、友彦のことを気遣ってか、声を低めていた。

「それで……」

音を立てないように、三井田はゆっくりとラッキョウを噛んだ。

「とても、信じられないことだけど……」

「似ていると、感じましたか」

「わたし奥さんとは、親しくさせていただいてたから……」

「奥さんだなんて……」

「ごめんなさい」

「赤の他人以上の他人です」

「ほかに、呼びようがなくて……」

「沙織で、いいじゃないですか。柴田でもいいし……」

「旧姓ね」

「ええ」

「じゃあ、適当に呼びます」

「あなたと一緒に、お母さんも聞いていましたか」

「聞いていました」

「お母さんの感想は……」

「ああいう母ですから、口に出しては何も言いません。でも……」

「でも……？」

「一瞬、母の顔から血の気が引いて、そのあとしばらくは茫然となっていたわ。それからポツンとつぶやきました。友彦ちゃんが、可哀想って……」

「友彦もあのテープの声を聞いたとたんに、お母さんって言いましたよ」

「まあ……」

「しかし、よく似ているというだけで、確証があるわけじゃないですからね」

「三井田さんはもちろん、まさかと思っていらっしゃるんでしょ」

「沙織が殺されたというニュースのほうが、うなずけるしピンと来ますね」

「今夜にでもまた、誘拐犯人の声をテレビで流すでしょうから、もう一度よく聞いてみましょ」

「別人に、決まっている」

「これは、あくまで仮定なんだけど、万一あの声が沙織さんだったとしたら、どうなさるの」

「どうするって……」

「友彦ちゃんが、可哀想すぎるわ」

「たとえ沙織の声に間違いないということになっても、声だけでは絶対の事実とはならない。まずは事実かどうかを、確かめることでしょう」

「どうやって、確かめるの」

「沙織を、捜し出す」

「可能なことかしら」

「やってみますよ。友彦のためにも、はっきりさせなければならないことだし……」

「そうね。友彦ちゃんのために、何とかしなければ……」

顔は泣いていないが、淳子は二本の指で目頭を押さえた。

「今日まで、捜そうともしない人間だったのに……」

三井田は自嘲的な気持ちで、コップの野菜ジュースを一気に飲み干した。

蒸発して二年、逃げた妻の行方には関心もなく、縁も切れたものと思っていた。だが、場合によってはその沙織を、捜し出さなければならないのである。

そのことに三井田久志は、一種のむなしさを覚えていた。

3

四畳半の洋間に、シングルのベッドだけが置いてある。

そこが、三井田久志の寝室だった。寝る以外には、使うことがない。ほかに家具のひとつ、鏡の一面も見当たらない。窓を遮蔽(しゃへい)する分厚くて、しかも二重のカーテンだけが、目立っている部屋であった。

三井田は、ベッドに身体を横たえた。目を閉じる。

だが、一向に眠気が、訪れてこない。

今日の午前三時に、府中(ふちゅう)市にある『国内運輸』の雑貨物集積ターミナルに到着した。金沢市からの遠距離運送だった。

途中、助手と交替して二時間ほど、スリーパで仮眠をとった。しかし、睡眠不足がそれで解消されるはずはないし、疲労も蓄積されている。

府中のターミナルから、タクシーで帰宅したときには、もう朝になっていた。全身に火(ほ)

照りが感じられて、目の奥には痛みがあった。

それでいて、眠れないのである。

誘拐犯人の声が、頭の中で繰り返されている。

目をつぶると沙織の顔が浮かび、誘拐犯人の声で喋るのだった。

お母さん——と、友彦が大きな声で叫ぶ。気になるどころではなく、そのことに三井田は胸を圧迫されていた。

眠れないのは、当たり前かもしれなかった。

次の勤務は、明後日の新潟行きであった。今夜も明日もあることだし、いま無理して眠ることはないと、三井田は諦めていた。

夕方まで横になっていて、それから近くのスーパーまで買物にいった。野菜と果物、ハム、タマゴ、それにメンチカツを買い込んだ。

帰って来てすぐに、夕食の支度に取りかかる。メンチカツ、ハム・エッグ、野菜サラダ、ワカメの味噌汁という献立だった。

六畳間との境の板戸が、しめきってある。友彦がそうしたのであり、いつものようにひとり部屋の中に閉じこもっているのだ。テレビの音声も、聞こえてこない。

三井田は足音を忍ばせて、板戸に近づいた。

五センチぐらいの隙間ができている。そこに目を近づけて、三井田は部屋の中をのぞいた。

正面に、友彦の後ろ姿があった。

あぐらをかくようにして、壁に向かってすわっているのだ。背をまるくした後ろ姿は、まったく動かない。

壁にはライオンの縫いぐるみが、押しつけられていた。漫画のライオンと同じで、剽軽な顔をした縫いぐるみだった。

この団地に越して来て間もなく、沙織が友彦に買い与えた縫いぐるみだから、もう古いものということになる。

「お父さんみたいな弱者じゃなくて、ライオンのように強くなるのよ」

その後もよく沙織は、友彦と縫いぐるみを見比べながら、そんなふうに言い聞かせていた。

友彦は、ライオンの縫いぐるみが、お気に入りであった。鬣もかなり抜けているし、髭は一本も残っていない。尾はちぎれて、手垢で汚れている部分も多い。

だが、友彦はライオンの縫いぐるみを、いまでも大事にしていて、手放そうとはしなかった。あるいは、ライオンの縫いぐるみを通じて友彦は、最もやさしかったころの母親を、取り戻すことができるのかもしれない。

唯一の味方だった母親の化身として、友彦にはいまもライオンの縫いぐるみが、無二の親友なのではないだろうか。

「お母さん……」

壁に向かって、友彦はそう声を出した。

「お母さんが、ラジオで話をしていた」

感情を抜きにしての、友彦の声であった。

「お母さんは、犯人だって……。お母さんは、悪いことをしたんだ」

そう言って友彦は、いきなりライオンの縫いぐるみを殴りつけた。

縫いぐるみは、壁にはね返って転がった。友彦は狂ったように、両手で縫いぐるみを叩いた。

三井田は、胸をしめつけられる思いだった。

やりきれない気持ちになって、三井田は板戸の前を離れた。ラジオでアナウンサーが、犯人の声をお聞かせしますと繰り返していた。

その犯人というのが、沙織の声であった。だから、沙織が犯人ということになると、友彦は決め込んでいる。具体的なことはわからなくても、ニュースで重大事件を報じているぐらいは、友彦にも察しがつく。

それに、犯人とは悪いことをした人間だと、友彦も承知しているのである。母親が重大事件の犯人であり、したがって悪いことをしたのだと、友彦はライオンの縫いぐるみを殴りつけているのだった。

友彦なりに母親の危機を、感じ取っているのかもしれない。

それはとりもなおさず、友彦と母親との距離を広げることになると、漠然とながら判断しているのではないだろうか。それが、自分にかまってもくれないで、どこかで悪いことをしている、という母親に対する友彦の単純な怒りになっているのだ。

母親の身代わりともいうべき大事なライオンの縫いぐるみを痛めつけるのは、友彦の最大の怒りの表現なのに違いない。

もうひとつ気になるのは、友彦が例のテープの声を母親だと、決めてかかっていることであった。

友彦の頭の中を、沙織のことがいまでも大きく占めている。いや、沙織の顔や声を世界中でいちばん完璧（かんぺき）に記憶しているのは、友彦だということになるのである。

唯一の味方だった母親の声を、友彦が聞き違えたりするだろうか。一種のテレパシーみたいなもので、分析することもなく母親以外の声ではないと、直感したのかもしれなかった。

そうなると、友彦の断定というものは、無視できなかった。誘拐犯人の声が沙織だという可能性は、百パーセントに近いと見なければならない。

「友彦、お風呂(ふろ)にはいりなさい」

三井田は、大きな声で言った。

板戸の一枚が開かれて、友彦がダイニング・キッチンへ出て来た。友彦は何事もなかったように、浴室のほうへ歩いていった。しかし、その表情には、脅えているような暗さが認められた。

三井田は夕刊を、ダイニング・キッチンのテーブルのうえに広げた。公開捜査に踏みきった京都の女子大生誘拐事件の記事が、一面と社会面を埋めていた。

特に社会面は、大部分をその記事が占めている。

三井田は椅子(いす)にすわって、一面と社会面の記事を丹念に読んだ。事件発生以来二十日もたって、被害者の安否も不明、犯人も未逮捕のまま、公開捜査に切り替えたのは異例のことだという。

被害者は、京都市左京区岡崎に住む東西銀行頭取の藤宮善次郎の長女で、京都紅蘭女子大学文学部四年の藤宮陽子、二十二歳となっている。

顔写真によると、藤宮陽子はいわゆるお嬢さんタイプで、気品のある美人であった。京都紅蘭女子大はお嬢さん大学として知られているし、美人が多いということでも評判だった。

そうした女子学生の中でも、特に藤宮陽子の美貌（びぼう）は目立っていたという。テニスと乗馬を得意とする一方で、仏文学の成績も群を抜いていた。

大学では友人が多く、敵を作らない主義に徹していた。藤宮陽子のことを悪く言う教授も学生もいなかったが、その代わり親友といえるような相手も存在していない。

また、男嫌いで通っていて、恋人はもちろんボーイフレンドもいなかった。友人の兄を紹介すると言われても、藤宮陽子はそれを断わるほどであった。

性格は勝ち気で、いつもは無口でも、感情的になると、かなりはっきりしたものの言い方をする。それに、何よりも母親のことに触れられるのを、藤宮陽子は嫌った。

五年前に母親が事故死を遂げているせいで、そのときのショックが藤宮陽子の心に深い傷跡を残しているということだった。

藤宮陽子は、長女というよりもひとり娘であった。兄弟もいないので、藤宮家のひとりっ子ということになる。

父親の藤宮善次郎は、婿養子（むこようし）である。陽子の母親の美津子と結婚して、善次郎は藤宮家に婿入りしたのだ。

藤宮一族は東西銀行に影響力を持ち、美津子の父親は長いあいだ頭取のポストについていた。その娘婿ということで、善次郎は本店を動くことなく、スピード出世の道を歩んだ。六年前に善次郎は、四十八歳の若さで副頭取という特設の地位を与えられた。

翌年、妻の美津子を、事故で失った。美津子は自宅の三階のバルコニーで、非常用避難縄ばしごのテストをしていて、過(あやま)って地上に転落し、死亡したのである。

そして去年の四月に、老齢のため引退した亡妻の父のあとを継いで、藤宮善次郎は東西銀行の頭取に就任したのであった。

五年前には愛妻を突発的な事故で亡くし、いままたたったひとりの実子である娘が誘拐されて、生死の別もわからないという藤宮善次郎は、まさに悲劇の人だった。

「娘を殺さないで下さい。いかなる要求にも応じます、わたしの命を差し上げてもいい。だから、陽子を無事に返して下さい。お願いします」

と、藤宮善次郎は涙ながらに、新聞紙上においても、誘拐犯人に対する悲痛な呼びかけを行っていた。

藤宮家は三階建ての豪邸だが、家族はあまり多くなかった。

東西銀行の頭取を引退し、隠居した美津子の父親。

五十四歳になっている藤宮善次郎。

隠居した美津子の父親の身のまわりの世話をする五十五歳の遠縁の女。

四十歳になるお手伝い。

ほかに、用心のために飼っている三頭のシェパードの面倒を見て、それ以外にも掃除をはじめあらゆる雑用を引き受ける中年の夫婦が、別棟に住んでいた。

陽子を除いては、中年の住人ばかりであった。

それで藤宮家での陽子は、明るい太陽か、豪華な花のような存在だったのだ。その陽子が誘拐されてからの藤宮家は、暗雲が垂れこめ花も枯れ果てて、陰鬱(いんうつ)な冬の季節を迎えたようになっている。

陽子と仲のいい父娘(おやこ)で評判だった善次郎の心痛ぶりは、刑事たちもまともには見られないほどだという。

苦悩の二十日間に痛々しいくらいに憔悴(しょうすい)しながら、藤宮善次郎は頭取としての任務を果たさなければならないのである。現在、自宅の書斎を臨時の頭取室として決裁を行っているが、見た目にも幽鬼のような藤宮善次郎だという。

東西銀行は、関西から四国、九州にかけて支店網を広げている地方銀行であった。地方銀行としての規模と預金総額では、Ａクラスの中ぐらいというところだろう。

本店は京都にある。関西より東になると、名古屋、横浜、東京にしか支店がなかった。関西から西で、その名がなじまれている銀行であった。

今月の五日――。

大学はまだ夏休み中で、陽子は六甲山にある藤宮家の山荘にいた。

それまで一緒だった大学の友人たちも、この日には引き揚げることになり、陽子ひとりだけになってしまう。ひとりで山荘にいるのは寂しいので、お父さまに六甲山へ来るように声をかけて欲しいと、京都の自宅に電話があった。

その電話には、陽子の祖父が出た。

孫娘にはただ甘いだけの祖父は、さっそく東西銀行の京都本店に連絡を入れて、善次郎に陽子の意向を伝えた。

「若い娘がひとりで山荘にいるなんて、とんでもない冒険ですよ。危険ですので、午後からわたしが六甲山へ向かいます」

善次郎は、あわてて言った。

「今日は土曜日だし、山荘に一泊して明日、陽子と一緒に帰ってくればいい」

義父は、そう言った。

頭取の専用車を六甲山まで走らせるのは、土曜日なのに帰りが遅くなって運転手に気の毒である。それに山荘には、陽子の車もあるはずだった。

そう思って、藤宮善次郎は六甲山へハイヤーで向かった。夕方に、六甲山の山荘についた。

ハイヤーを帰して、善次郎は山荘の中へはいった。山荘の中には、何の異常も認められなかった。陽子のクリーム色の乗用車も、ちゃんと山荘の裏手に停(と)めてあった。

ところが、陽子の姿がないのである。

神戸まで買物に出かけるにしても、車に乗っていかないはずはない。おかしいと不安を覚えながら、善次郎はとにかく待つことにした。

夜の十一時になっても、陽子は戻ってこなかった。京都の自宅へ電話をかけたが、陽子は帰って来ていないという。迎えのハイヤーを頼んで、夜中の一時まで待ってみたが、結果は同じだった。

迎えのハイヤーに乗って、善次郎は京都の藤宮邸へ帰って来た。只事(ただごと)ではないと思う一方で、大学の友人たちと行動をともにしているのだろうと楽観する気持ちもあった。

翌六日の日曜日は、朝から三十分おきに六甲山の山荘へ電話をかけ続けたが、応答はまったくなかった。

陽子が元気に帰宅するか、あるいはいまどこそこにいると連絡してくるか、家人一同は息を殺すようにして待ち続けた。だが、その期待も、裏切られたのである。

そして、夜が訪れての八時二十五分に、電話がかかった。飛びつくようにして、善次郎が電話に出た。

「お宅のお嬢さん、藤宮陽子さんをあずかっていますからね。まとまった金を、用意しておいて下さいよ。明日になったら、指示します。警察は、駄目よ」

男の声がそれだけ言って、乱暴に電話を切った。

藤宮家では直ちに、そのことを川端警察署に届け出た。

川端署では藤宮家の人々から事情を聞いて、いちおう誘拐事件と断定、京都府警本部に応援を求めた。

京都府警では川端署に非公式の特捜本部を設置し、報道関係者にニュース差し止めの協力を要請、藤宮邸に録音と逆探知装置をセットして、誘拐犯人からの連絡を待った。

九月七日の月曜日、午後七時五十分に女の声で電話がかかり、一億円の身代金を要求した。

九月八日、火曜日。

午後八時に、三回目の電話がかかった。

「一億円は、用意できましたか」

このときは男の声だが、当たり前な喋(しゃべ)り方ではなかった。喉(のど)から絞り出すようにして、うなり声に近かった。これは明らかに、声を作っているのである。年齢すらも、はっきりさせまいとしているのだった。

「用意できましたが、陽子は無事なんでしょうね」

藤宮善次郎が、そのように応じた。

「いまのところは、元気にしていますよ。ただね、そこに警察がいたりしたら、責任は持たないからね」

「警察には、届けてもいません」

「どうして、こんな声を出しているのか、わかりますか。どうせ、こっちの声を録音テープにとっているんだろうって、用心してのことなんですよ」

「指定の場所に、一億円を届けますから、早く陽子を返して下さい」

「明日、連絡します」

「お願いです。陽子の声を聞かせて下さい。頼みます」

「そんなことは、どうだっていい。こっちも、必死なんだから……」

と、誘拐犯人は、電話を切った。

九月九日、水曜日。

午前九時五分に、四回目の電話がかかった。二回目と同じ女の声であった。

女は一時間後の京都発十時五分の新幹線ひかり73号に乗り、電話室の近くで待機せよと指示した。

ひかり73号が新大阪駅につくまでに、電話で次の指示を与えるというのである。一千万円の札束十個を二つのアタッシェ・ケースに詰めて、藤宮善次郎は京都駅へ飛んでいった。

もちろん、捜査員も同行した。変装した捜査員五名が、バラバラになって『ひかり73号』に乗り込んだ。

しかし、新大阪駅に到着するまでの電話というのは、ついにかからなかった。

九月十日、木曜日。

正午に、電話がかかった。この電話こそ重要だと判断したので、捜査員のひとりが応対に出た。

男であった。この五回目の電話でも、男は喉から絞り出すようなうなり声を作っていた。

「あなたは、陽子さんのおやじさんじゃないね」

「兄は倒れてしまったので、わたしが代わりに承ります」

「あなたは、陽子さんのおやじさんの弟さんですか」

「そうです」

「陽子さんから聞いた話だと、おやじさんに弟はいないってことでしたよ。そんな嘘をついて、あんた刑事でしょうが」

「いや、違いますよ」

「警察がそこまで厳しくタッチしているんだったら、もうこっちの狙いも不可能ってことだな。危険な取引になってしまっては、諦めるより仕方がない」

「待って下さい」

「こっちは、おりることにする。取引をぶち壊した責任はそっちにあるんだから、どうなったって知らないよ」

「お願いです。待って下さい。一億円はここにあるんだから、陽子を返して下さい」

「昨日だって、新大阪まで刑事が一緒だったんじゃないか」

男はそこで、電話を切っている。

しかも、それが最後の電話となって、誘拐犯人からの連絡は以後、ぷっつりと途切れてしまったのである。

残された道は、必死の捜査だけであった。だが、テープに録音された声のほかには、何の手がかりもない。逆探知に成功したのは、四回目にかかった女の声の電話だけだった。

その電話は、京都市左京区岡崎の藤宮邸と六百メートルの距離しかない公衆電話から、かけて来たものである。

該当する公衆電話のボックス内にいた女を、見かけたという目撃者もいなかった。女のほうが近くから新幹線に乗るよう指示したうえで、藤宮善次郎と捜査員の動きを監視していたのに違いないと、推定できるのもその程度のことであった。

京都市内から電話をかけて来て、新大阪駅へ向かえと指示し、六甲山の山荘から藤宮陽子を連れ出している。犯人の男女は、京阪神地区に居住する者と見ていいだろう。

しかし、京阪神地区では範囲が広すぎて、限られた部分に絞るための材料もない。聞き込み捜査にしても、どこで何を聞き込んだらいいのかということになる。

だが、一方では藤宮陽子の生存に望みを託し、犯人が気をとり直して再び電話をかけてくることを期待した。特に、心身の過労から病床についた藤宮善次郎の強い要望もあり、捜査本部ではなおも非公開捜査を続けたのであった。

犯人が連絡を絶った後九月十日以降、急に勤めを辞めた男女、転居した夫婦あるいは内縁関係にある男女、多額な借金や負債をかかえて切羽詰まっていた男か女を求めて、京都府警では三百人の捜査員を動員、まずは京都市内の捜査を徹底的に行った。

ほかに二百人の捜査員が、藤宮陽子の写真を持って聞き込みに歩いた。藤宮陽子の写真は、大阪府警と兵庫県警にも持ち込まれていた。

しかし、手がかりはゼロ、収獲らしきものはまったくなかった。大阪府警本部からも、色めき立つような連絡ははいらなかった。兵庫県警本部からは、六甲山の藤宮家の山荘付近、および別荘地における聞き込み捜査に成果はなかったと知らせて来た。

十日間にわたっての不眠不休の聞き込みに、捜査員の疲労も限界を超えていた。すでに藤宮陽子の生存は、期待できなかった。二十二歳の人間を半月以上も、監禁状態に置くことは不可能である。

犯人からの連絡も、二度と再びないだろう。取引をぶち壊した責任はそっちにあると、捨てゼリフを残して電話を切ったのだから、藤宮陽子の生存についても、もはや絶望的であった。

捜査本部ではそのように、いくらか元気を取り戻した藤宮善次郎を説得した。藤宮善次郎は怒りと悲しみに男泣きしながら、説得に応じた。

九月二十五日の午前五時をもって、捜査本部は公開捜査に踏みきり、京都府警本部長の早朝の特別発表となったのである。

今朝からの犯人の声の録音公開に対して、早くも百件以上の情報が寄せられている。

4

友彦は、九時に寝る。

沙織と一緒だったころは、十時すぎまで起きていた。それが一年ぐらい前から、九時には寝るという習慣になったのだ。

沙織がいなくては、起きていてもつまらないからだろう。眠っているあいだだけは、情緒障害でもなければ孤独でもない友彦でいられるのである。

何年間か眠り続けていたほうが、この子はしあわせなのではないかと、友彦の寝顔を見るたびに、三井田久志は思うのだった。笑ったこともない友彦が、眠っていて嬉しそうにニッコリしたりすることがあるからであった。

三井田はテレビを、ダイニング・キッチンへ運んでおいた。十一時から、女子大生誘拐事件のニュース特集を、NHKでやることになっているのだ。

十一時五分前に、結城淳子が訪れた。ユキエも、一緒である。三人分のコーヒーと、ケーキ持参だった。

「ご心配をいただきまして、夜遅くまですみません」

三井田は、ユキエまでが付き合ってくれることに、礼を述べた。

「とんでもない。こっちこそ、勝手に押しかけたりして……」

口のきき方こそいつもの調子だが、ユキエは笑っていなかった。

緊張しているのか、頬のあたりが引き攣っているようである。

「友彦ちゃん、もうぐっすりね」

そう言いながら、淳子がダイニング・キッチンの窓をあけた。

夜になって、蒸し暑くなった。クーラーを使うほどではないが、三井田もシャツ一枚になっていた。

「揺り起こさない限り、目を覚ましませんよ」

三井田は、隣りにすわった淳子の真っ白なワンピースのふわりとした動きに、思わず目を走らせていた。

「十一時よ」

淳子が、三井田の顔を見つめた。

三井田は、テレビのスイッチをプッシュした。

テレビの画面を見やりながら、ユキエが恐る恐るという感じで、三井田と向かい合いの椅子に腰をおろした。

ニュース特集が始まった。

三井田は、テレビを見ていなかった。音声だけで、十分だった。

三井田は、左手を握りしめた。それを、素早く開いた。白くなっていた掌に、赤みが広がる。

彼はまた、手を握りしめる。それを、開く。そうした単純な仕草を、三井田は繰り返す。

それが、彼の一種の癖であった。感情が揺れ動いているとき、神経を集中できないとき、気分的に追いつめられたときなど、三井田は無意識のうちに左手の開閉を続けるのである。

「では、ここでこれまで公開されていない犯人の声の録音テープを、お聞かせすることにします」

アナウンサーが言った。

三井田は、テレビの画面に目をやった。

「これは、四回目にかかった女の犯人の電話の声です。この電話は逆探知に成功した唯一のものですが、犯人が話を続けているうちに、その場所が確認されたわけではありません。逆探知に成功したものの、犯人逮捕には役立ちませんでした」

そのように、アナウンサーが説明を加えた。

画面には被害者の顔、藤宮家の全景、東西銀行京都本店の写真などが映り、そのバックに藤宮善次郎と犯人のやりとりの声が流れた。

「藤宮です」

「陽子さんのお父さんですね」

「そうです」

「陽子さん元気だから、心配しないでいいですよ」

「ほんまに、元気なんですね」

「だからね、今日で取引を完了させましょう。これから、こっちの指示どおりに、お金を持って来て下さい。そうしたらすぐにでも、陽子さんが帰られるようにしますから……」

「わかりました。どうか、よろしくお願いいたします」

「いいですか。お父さんひとりだけで、一億円を二つのアタッシェ・ケースに詰めて、いまからすぐに京都駅へ向かって下さい」

「京都駅ですね」

「京都発十時五分の下り新幹線ひかり73号に乗り、電話室の近くで次の指示を待って下さい」

「京都発十時五分に、いまから間に合いますか」

「あと一時間あるから、急げば間に合うでしょう」

「わかりました」

「新幹線が新大阪につくまでに、電話で次の指示を連絡しますからね」

「はい」

「もし警察が一緒だったりしたら、大変なことになりますよ」

「わかってます」

「じゃあ、急いで下さい」

と、そこで犯人は一方的に、電話を切っている。

三井田は、乱暴に腕を伸ばして、テレビを消した。まだ番組は、三分の二も残っている。だが、番組を最後まで、見る必要はないのだ。

ここにいる三人にとって重要なのは、女の犯人の声について判定を下すことであった。判定を下すということで結論が出たら、もうテレビなど見てはいられないはずである。

淳子とユキエの表情にも、三井田がテレビを消したことに対する抗議の色はなかった。むしろ、それを当然のこととして、受け取ったのだった。

ユキエは、顔を伏せていた。

淳子は大きく目を見開いて、宙の一点を凝視している。

三井田は目を閉じて、左手を握ったり開いたりしていた。

蒸し暑い夜の静寂に、重苦しい沈黙が妙に調和していた。誰も口をつけていないコーヒーからは、もう湯気も立ちのぼっていなかった。

カサッと、音がした。

三井田が、タバコの箱を手にしたのである。

「お母さん、どう思う？」

目を動かさずに、淳子がユキエに訊いた。

「うん」

ユキエは顔を上げて、タバコをくわえている三井田を見やった。

「前のテープの声より、いまのほうが沙織さんに似ているわ」

怒ったような顔で、淳子が言った。

「わたしも、そう思うけど……」

いやいやをするように、ユキエは首を振った。

「声は変えているわ。甲高い声に、作っているのよ。でも、ときどき地の声が出るでしょ」

「そうだね」

「その地の声と口のきき方が、沙織さんにそっくりだわ」

「だけど、前に聞いた二回目の電話のときのほうが、声の変え方がうまかったね。どうして、いまの四回目の電話のときは、誤魔化(ごまか)しきれなかったんだろう」

「それでも、誰にだって沙織さんってわかるという声じゃないね」

ユキエは何とかして、沙織だということにはしたくないらしい。

三井田に対する遠慮もあるし、友彦のためを思ってのことだろう。しかし、それはユキエにとっても、はかない望みなのだ。ユキエ自身は九十九パーセント、沙織だろうという結論を出しているのである。

「それは、そうよ。成人してからの沙織さんと、よほど親しくしていた人間じゃないと、声を聞いただけではわからないわ」

溜息(ためいき)をつきながら、淳子は冷たくなったコーヒーをかき回した。

「間違いないですよ」

初めて、三井田が口を開いた。

それは、百パーセント決定という結論だった。

淳子もユキエも、黙っていた。

「二回目の電話のときの沙織には、アルコールがはいっていたんでしょう。だから、度胸もついて、思いきって声を変えることもできたんです」

タバコにつけたマッチの火を、三井田は吹き消した。

「酔っていたのね」

淳子が灰皿を、三井田のほうへ押しやった。

「それだって、聞く人が聞けば、沙織の声にそっくりだと思う。わたしも沙織じゃないかと思ったし、友彦なんか間違いなく沙織だって決め込んでいますからね」

三井田は灰皿に押しつけて、マッチの軸を細かく折っていた。

「友彦ちゃんの耳とカンって、沙織さんに関しては正しいかもしれないわ」

「四回目の電話のときは朝でもあったし、沙織は酔っていなかった。それで、緊張することにもなるから、地声や口のきき方で特徴を隠しきれなかった」

「そうね」

「それに、それだけじゃないんですよ。いま聞いた電話で、沙織は三カ所、癖を出していました」

「そう、それはわたしも感じたわ」

「最初は、陽子さん元気だからって言う前、次に急げば間に合うでしょうのあと、それから大変なことになりますよって言ったあと。この三カ所で、犯人の女は軽く喉（のど）を鳴らしました」

「小さくて短い咳払い、一瞬のカラ咳というのかしら、それが、沙織さんの癖だったですものね」

「それが、決定的でした。地声と口のきき方の特徴に、その癖が加われば、もう否定のしようがない。女の誘拐犯人は、沙織ということです」

「でも、声だけでは絶対という確証にならないって、さっきおっしゃっていたじゃないの」

「ええ」

「その考えは、いまも変わりないんでしょ」

「だから、沙織を捜し出して、確かめますよ」

「それで……」

「明日、朝のうちに市役所へいって、離婚届の用紙をもらって来ます」

「離婚届……？」

「沙織を捜し出して、犯人だってことを確認したら、離婚届にハンを押させるんです。三井田沙織という名前では、逮捕させたくない」

「友彦ちゃんのためにね」

「もちろん、電話の声は沙織だって、警察に届けたりはしませんよ。そのことについては、お二人にも協力をお願いします」

淳子とユキエに向かって、三井田は頭を下げた。

「大丈夫ですよ。もういいというときがくるまでは、口が裂けたって喋りませんから……」

ようやくユキエが、笑った顔を見せた。

「でも、ほかに沙織さんの声だって気がついた人がいて、警察に連絡してしまったら……」

淳子が言った。

「警察よりも早く、沙織を捜し出す。それしかない」

三井田は、吸いもしないのに灰の部分が長くなったタバコに、目を落とした。

「わたしね……」

淳子が、髪の毛を払いのけるように、首を振った。

だが、躊躇するように淳子は、そのあとの言葉を続けようとしなかった。飲むつもりもないコーヒーを、スプーンでかき回している。

「何さ、言いかけてやめるなんて……」

ユキエが娘の顔を、のぞき込むようにした。

「三井田さんに沙織さんを捜す気があるんなら、言おうと思っていたんだけど……。そのつもりがないんだったら、言わないほうがいいだろうって、二年前から黙っていたことがあるの」

淳子は、暗い顔つきになっていた。

その淳子の顔を、三井田は見守った。

「いまは三井田さん、沙織さんを捜し出さなければならないんだから、何だか知らないけど言いなさいよ」

ユキエが、そう促した。

「わたしね。三回ぐらいだけど、見たことがあるのよ」

思いきったように、淳子は顔を上げて言った。

「何をさ」

ユキエが訊いた。

「沙織さんが、男の人に送られて帰ってくるところを……」

「蒸発するころのことかい」

「一、二カ月前のことだったわ」

「どんな男だったの」

「年は沙織さんと同じくらい、パリッとした格好をして外車を運転していたわ。品川ナンバーの車よ」

「じゃあ、都心に住んでいる男かね」

「一度、車を降りた沙織さんが、おやすみマーちゃんって言ったのを、聞いたことがあるわ」

「マーちゃん……」

「そう」

「ほかには……」

「それだけよ」

「いまでは三十ぐらいの金持ちふうの男で、品川ナンバーの外車を持っていて、マーちゃんと呼ばれていた。これだけじゃあ、手がかりにもならないね」

ユキエは、頰杖を突いた。

「でも、何かの役に立つんじゃないかと思って……。それとも、話さないほうがよかったかしら」

淳子は、三井田の横顔を見やった。

「いや……」

三井田は、表情を動かさなかった。

こうして、かつての隣人までが必死になっているというのに、沙織のやつはいまどこで何をしているのかと、初めて三井田の胸を怒りがこみ上げて来た。

同時に三井田は、自分のルーズさに腹立たしさを覚えていた。未練があるわけではないのに、なぜ今日まで沙織を戸籍上の妻にしておいたのか。

当人が行方不明になっているし、失踪宣言まではまだ間があるから、離婚の手続きが難しいにしろ、何とか打つ手があったのではないか。

藤宮陽子という女子大生は、間違いなく殺されている。沙織は、誘拐殺人の共犯なのだ。死刑となる重罪を犯したのであった。友彦の母であり、この世で唯一の味方である三井田沙織のままでは、絶対に逮捕させたくない。

「沙織を捜し出すまでは、ほとんどここへ帰ってこられなくなると思いますが、友彦のことをよろしくお願いします」

三井田はまた、結城母娘に頭を下げた。

「それはもう、任しておいて下さいよ」

ユキエが、全身でうなずいた。

「友彦ちゃんになんて答えておきましょうか」

淳子が言った。

「悪いやつを、つかまえにいったと、言っておいて下さい」

三井田はゆっくりと、左手を握ったり開いたりしていた。

5

二日後の日曜日——。

午前六時に、三井田は部屋を出た。初めてのことだが、スーツ・ケースを持っての出勤だった。

スーツ・ケースの中身は、背広一式のほかに着替えや旅行用具であった。場合によっては、関西へ飛ぶことになるかもしれない。行動を起こすからには、旅行の支度が必要である。

まだ、犯人の声を聞いて有力な情報が寄せられたというニュースは、新聞にも載っていなかった。情報の件数は多いが、これと思われるものはないらしい。

二日たっても沙織の声だという情報がないとすれば、今後も大丈夫と考えていいだろう。

結局、沙織の声と気づいた人間は、ひとりもいないということなのである。昨日の夜あたりから、各テレビ局とも犯人の声を流さなくなった。これから、沙織の声だと気がつく人間も、いないということになる。

淳子と友彦が、団地の前の通りまで送って来た。日曜日の朝の団地は、人影もなく静かだった。

「ライオンの縫いぐるみ、もっと大事にしてやれよ」

歩きながら、三井田は友彦を見おろした。

友彦は、黙っていた。

「ライオンみたいに強くなれって、そのための縫いぐるみなんだろう」

三井田は言った。

「お父さんは、ほんとうに弱虫なの」

友彦は、三井田を見上げた。

真顔(まがお)である。ともに笑わない父子であった。

「さあ、どうかな」

三井田は、空を振り仰いだ。

「どうして空が怖くて、飛行機に乗れないの」

友彦は父親を、にらみつけるような目つきであった。

「どうしてもだ」

「飛行機が好きなのに、怖くて乗れないなんておかしいよ」

「そうだな」

「また、飛行機に乗ってみたら。そうしたら、怖くなくなっているかもしれないよ」

「やっぱり、怖いさ」

「どうしてよ」

「意気地なしなんだろう」

「飛行機に乗れたら、意気地なしじゃなくなるよ」

「それが乗れないから、意気地なしなんだ」

「だって、むかしはジェット旅客機を操縦していたんだし、いまだってあんなに大きなトラックを運転しているのに……」

不満そうに、友彦は下唇を突き出した。

「どうして怖いのか、もっと大きくなったらお前にもわかる」

三井田も、憮然（ぶぜん）たる面持（おもも）ちになっていた。

「先週、貿易センタービルへいらしたんでしょ」

淳子が、三井田に笑いかけた。

皮肉や冷やかしではなく、思いやりのある淳子の笑顔だった。

「ええ」

三井田は照れ臭さに、手を頭にやっていた。

貿易センタービルとは、そのビル内にある航空局の指定病院という意味であった。

飛行ライセンスには、自家用と事業用の二種類がある。三井田の場合は、五・七トン以上のジェット旅客機を操縦していたのだから、もちろん事業用ライセンスだった。

パイロットは、この事業用操縦士技能証明書というライセンスのほかに、身体検査証を必要とする。

操縦士技能証明書のほうは永久ライセンスだが、身体検査証は更新しなければならなかった。

旅客輸送の現役パイロットは半年ごとに、そうでない者は一年ごとに、航空局の指定の病院で身体検査を受けて、証明書を更新してもらうのである。

航空局の指定病院は都内に何カ所かあるが、貿易センタービル内の病院もそのひとつだった。

三井田は先週、その貿易センタービル内の病院へ行き、身体検査証の交付を受けて来たのであった。

飛行ライセンスも身体検査証も、パスポートよりやや大きめだが、三井田はそれらを運転免許証と一緒にして、常に携行しているのである。

矛盾している。

飛行機が恐ろしくなって、ジェット機のパイロットをやめたうえに、東洋航空も退職してしまったのだ。そのくせ三井田は飛行ライセンスを肌身離さず持っているし、一年ごとの身体検査証の更新も怠ってはいない。

つまり、三井田さえその気になれば、いつでも飛行機の操縦ができるようになっているのである。

そのうえ三井田は、その調布飛行場を唯一の憩いの場所にして、飽くことなく銀翼と空を眺めているのだった。

嫌悪と未練が両立する、という矛盾であった。

電話で呼んだ無線タクシーが、団地の入口のところに停まっていた。

「よろしく、お願いします」

淳子に言って、三井田はタクシーに乗り込んだ。

「いってらっしゃい。しっかりね」

笑ってから淳子は、すがるような目で三井田を見つめた。

友彦は無言で、手だけを振った。

タクシーが、走り出した。

前方に、青い空が広がっている。空、そして飛行機――。

どうして飛行機に乗るのが怖いのか、飛行機に乗れたら意気地なしではなくなる、という友彦の声が後ろから追いかけてくるようだった。

三井田は、目をつぶった。

四年前のあの恐怖を、思い浮かべてみた。そのとき三井田は、東洋航空のＤＣ８の副操縦席にいた。

東京から大阪へ向かう一〇五便で、午前九時に離陸した。雲ひとつない晴天で、視界は良好すぎるくらいだったが、気流の乱れがひどくて機体の揺れも激しかった。

乗員、乗客合わせて、二百十一人を乗せていた。

鈴鹿（すずか）山脈の上空にさしかかったとき、機長がうなり声を洩（も）らした。三井田は、ベテラン機長へ目を移した。機長は蒼白（そうはく）な顔を、苦痛にゆがめていた。

「どうしたんですか」

三井田は声をかけた。

「交替してくれ。頭が割れるように痛くて、めまいがするんだ」

そう言って目を閉じると、機長はぐったりとシートに凭(もた)れかかった。

「はい」

三井田は、操縦を交替した。

とたんに飛行機は、乱れに乱れている気流の中へ突入した。機体は激しく揺れて、主翼がちぎれそうに上下する。ひどい落差で、機体は下降した。

離陸してからずっと、シート・ベルト着用のランプをつけてある。しかし、おそらく乗客の多くが、悲鳴を上げているのに違いない。

そう思いながら三井田は何気なく、右側の窓から地上を見おろした。はるかに下に、鈴鹿山地が広がっていた。

次の瞬間、三井田の背筋を悪寒(おかん)が走った。顔から血の気が引いて、彼は身震いした。それっきり、全身の震えがとまらなくなったのだ。

恐怖——。

それも、心臓がとまりそうな恐怖感であった。

飛行機に乗っていること、数千メートルという上空を飛んでいること、そんな高いところに自分が存在していることに、身も凍るような恐怖を覚えたのである。

パイロットとしてはあり得ないことで、三井田としても初めての経験だった。これまでの彼にとっては、上空も地上も変わらなかった。

高いところにいると、意識したこともない。

その三井田が別人になったように、高所の恐怖というものに捉われたのであった。機体に穴があいて、自分だけが地面に吸い込まれるように落下していくのではないかと、真剣に考える。

本物の不安であり、足に痺れが走るように、下半身がすくんでしまっている。一刻も早く、地面に降りたい。そういう焦燥感が、操縦を不安定にした。

こんなことでは、操縦ミスを起こしかねない。飛行機が、墜落する。二百十一人の乗員と乗客を、即死させることになる。そう思うと、それが新たな恐怖として加わるのであった。

下降を続ける。

乱れた気流から抜け出したが、三井田の恐怖感はそれとは別問題である。鈴鹿山地が近いところに、はっきり見えるとなると、恐ろしさが更に増す。

目が確かめられる高さのほうが、恐怖感を倍加させるのだ。高いところにいるという自覚が強まると、居ても立ってもいられないような恐ろしさを覚える。

顔を脂汗が流れて、下半身に水をかけられたような冷たさを感じた。ヘソのあたりに、寒さが広がった。

下降を続ける。

奈良県の地上も、はっきり見えた。目をつぶりたいが、そうはいかない。空中にいる恐怖感、操縦ミスによる墜落の恐怖感、乗客に対する責任感が、三井田に五十年分の神経消耗を強いたようだった。

三井田は、死にもの狂いになっている。地上との交信も、無我夢中であった。大阪の市街地を眼下に見たときは、息が詰まりそうになった。

人家が、車が、通行人がはっきり確認できるところまで下降したときには、助けてくれと叫びたくなっていた。

着陸した。

フィンガーに接して、エンジンが停止したあと、三井田は身動きすることもできなかった。ホッとしたとたんに、汗が噴き出した。いや、それ以前に、すでに全身が汗まみれになっていたのである。

機長は救急車で、病院へ運ばれた。あとでわかったのだが、機長は脳腫瘍ということだった。

三井田もその日のうちに、病院の神経科へ相談に出向いた。医師と長時間の話し合いと心理的テストの結果、明確な診断が下された。

潜在性高所恐怖症――。

潜在性で、かなり重症の高所恐怖症だったことに、三井田自身もまったく気づかずにいた。それが、機長が意識を失ったうえに急に操縦を任された緊張感、責任感、不安などによって突如、症状として現われたということであった。

いったん自覚したら、もう潜在性ではなくなる。今後は、強度の高所恐怖症が本物になるはずだと、医師は説明した。

事実、そのとおりだった。三井田は二度と、飛行機に乗りたくなかった。パイロットとしてだけではなく、乗客にもなりたくなかったのである。

三井田は、新幹線で帰京した。

翌日、上司に事情を打ち明けて、退職届を出した。会社では地上勤務にするから、何も退職する必要はないと慰留した。

だが、三井田の誇りが、それを許さなかった。

パイロットが高所恐怖症とわかって地上勤務になったとは、まさに物笑いのタネであり、屈辱的な日々を送ることになるだろう。それよりは人生のやり直しをしたほうがいいと、三井田は東洋航空をいさぎよく退職したのである。

意気地なし、弱虫——。

確かに、そうかもしれない。高所恐怖症は肉体の病気と違い、あくまで気持ちの問題なのだ。

恐れない人のほうが多いことを恐れるのは、やはり意気地なしの弱虫なのだろうと、三井田は自嘲的に思った。

目をあけると、府中市の美好町であった。タクシーは、国内運輸の雑貨物集積ターミナルの広い構内へはいった。フルトレーラや大型トラックが、朝の日射しを浴びていた。

タクシーを降りて、三井田は『乗務員詰所』へ向かった。詰所の更衣室で、乗務員のユニホームに着替える。

「おはようさん」

助手の松下大助が、顔をのぞかせた。

「おはよう」

むすっとした顔で、三井田は応じた。

「あれっ、これなんです」

スーツ・ケースを見つけて、松下大助は目をまるくした。

「スリーパにでも、入れておいてくれないか」

三井田は、スーツ・ケースを差し出した。

「仕事じゃなくて、旅行に出かけるんですかね」

「そういうことになるかもしれない」

「わからないな」

「それから今日、寄り道をさせてもらうぞ」

「どこに、寄るんです」

「前橋だ」

「群馬県の前橋市ですか」

「通り道だし、三十分ぐらいだから、目をつぶってくれ」

三井田は、松下大助の肩を叩いた。

「これだな」

小指を立てて、松下大助はニヤリとした。

相手にしないで、三井田は更衣室を出た。

松下大助は二十六歳、三井田と組んで半年になる。ジェット機のパイロットだったということで、松下大助は三井田を妙に尊敬している。

冗談ばかり言っているような男だが、口は固いのである。私用による寄り道は規則違反だが、松下大助なら秘密を守るし、協力も惜しまない。

事務所で何枚かの書類にサインをしてから、すでに松下大助が乗り込んでいるニッサンディーゼル・フルトレーラ・トラックに近づいた。

荷台の長さが九メートルで、それに六メートルのトレーラを連結している。全長が十九メートルという超大型のフルトレーラ・トラックだった。

キャブが真紅で、今日のトレーラは前後とも濃い紺色のものである。キャブも広くて、シートが三つ並んでいる。後ろのスリーパには、長さが二メートル以上のベッドが取り付けてあった。

ジェット旅客機に比べたらはるかに小さいが、この巨大な乗りものを動かしているとき、三井田は迫力ある爽快感を覚えるのだった。

やはり、超大型の乗りものを動かすことに、生き甲斐を求めるようにできているのかもしれない。三井田にとって、このフルトレーラ・トラックは、地上を走る飛行機なのである。

府中街道を北上して、所沢を抜けた。所沢インターチェンジから、関越自動車道へはいった。あとは前橋まで、高速道路を走り続ける。

「三井田さん、何かあったんですか」

口笛を吹き鳴らしていた松下大助が、ふと思いついたように言った。

「どうしてだ」

三井田は、前方を見据(みす)えたままでいた。

ハンドルをほとんど動かすこともなく、フルトレーラ・トラックは直線コースをひた走っている。

「いつも、おっかない顔をしているけど、今日の三井田さんは特におっかないもの」

二本のタバコに火をつけて、松下大助はその一方を三井田にくわえさせた。

「そうかな」

タバコの煙に、三井田は目を細めた。

「スーツ・ケースなんか持ち込んで、ほんとうにどうしたんです」

「悪いやつを、つかまえに行くんだ」

「まるで、鬼退治だ」

「いけないか」

「じゃあ、桃太郎さんに伺いますがね。退治する鬼っていうのは、どんな悪党なんですか」

「たとえば、誘拐犯人……」

「少しは、真面目(まじめ)に答えて下さいよ」

「真面目さ」

「誘拐犯人っていえば、例の京都の女子大生の遺体の捜索を、六甲山で始めたんですね。今朝、カー・ラジオのニュースで聞いたんだけど……」

「どうして、六甲山に目をつけたんだ」

「女子大生が姿を消した山荘の付近を、大捜索するそうですよ。被害者の知人や友人の線を残らず洗ってみたけど、疑わしい人間はひとりも浮かんでこなかったということだったですよね」

「うん」

「だから、犯人と被害者は顔見知りの間柄じゃない、少なくとも親しい関係にはなかったという見方が強まった」

「うん」

「そうなると、女子大生で良家のお嬢さんでもあった被害者が、親しくもない相手の自動車に乗り込んだりするはずはない。何時間も無抵抗のまま、犯人と行動をともにするかってわけですよ」

「うん」

「すると答えはただひとつ、犯人は連れ出した直後に山荘付近で、被害者を殺して死体を隠した」

「なるほど……」

「そこで、今日の早朝から兵庫と京都の警官を大動員して、六甲山の被害者が使っていた山荘付近の捜索を、始めるということになったんです」

なぜか松下大助は、得意そうな顔になっていた。

「遺体が見つかっても、そのことが犯人割り出しにつながるかどうか……」

三井田は、スーツ・ケースの中に三枚の離婚届の用紙がはいっていることを、思い出していた。

休憩することもなく、前橋まで走り続けた。

沙織の実家を訪れたことは、これまでに二度しかなかった。しかし、場所ははっきりと記憶していたし、迷う心配はなかった。関越自動車道を出たところから、そう遠くもないのである。

国道十七号線を走って間もなく、群馬大橋を渡る。渡りきったところの左側にホテルがあって、その東と北の一帯が古い高級住宅地になっている。

前橋市大手町二丁目——。
そこに、沙織の実家の柴田医院があるのだった。

第二章
追跡の眼

1

フルトレーラ・トラックを、路上に駐車させてはおけなかった。三井田は、近くの群馬県庁の隣りにある有料駐車場に、ニッサンディーゼル・フルトレーラ・トラックを乗り入れた。

スリーパで寝ているという松下大助を残して、三井田はフルトレーラ・トラックを降りた。

大手町二丁目まで、三井田は引き返した。夏に戻ったみたいに、暑くなっていた。日射しが強く、地上はまぶしいほど明るかった。大手町二丁目は、ちょっとした屋敷町のように、静まり返っている。

その屋敷町の中で、柴田家だけがみすぼらしい外見だった。とにかく建物が古く、あまり大きくもない二階屋なのである。地味な造りなので、近代的な明るさがない。塀も木でできていて、ほかには見られなかった。朽ちた部分が、倒れかかっている。そこから庭をのぞくと、草木の手入れがなされていないことが、ひと目でわかった。

いちおう柴田家は、内科と小児科の医院である。

だが、景気のいい開業医のイメージには、まったくの無縁であった。沙織の父の柴田功造は、もう七十に近い。名医の評判もない年老いた町医者からは、患者の足が自然に遠のいていく。

むかしからの知り合いなど、決まった患者しか訪れないと、五、六年前に沙織が話していた。

いまでは更に、患者が減っていることだろう。

跡取りにしたかった長男は、交通事故で死んだ。

婿同様のつもりで、医師と結婚させた長女も病死した。

そうした不運もあったのだ。

あとに残ったのは、末っ子の沙織だけであった。

沙織にしてもパイロットと結婚したまではよかったが、そのあとはとんでもない親不孝者になった。親たちは気づいているかどうか知らないが、誘拐殺人事件の犯人にまで成り下がった可能性さえあるのだった。

この家にはいま、老夫婦しか住んでいない。

医院の入口には、『本日休診』の札がかかっている。日曜日に限らず、いつも本日休診の状態にあるのだろう。

脇へ回って三井田は、玄関のブザーのボタンを押した。

間もなく鍵を回す音が聞こえて、玄関のドアが細めに開いた。女の顔が、用心深くのぞいた。

沙織の母親の喜久子だった。六十をすぎてはいるが、ひどく老け込んだ顔に変わっていた。

「しばらくです」

三井田は、頭に手をやった。

「まあ……」

驚きの表情のままで、喜久子はあわててチェーン・ロックをはずした。

「お元気ですか」

三井田は、笑うに笑えなかった。

沙織が蒸発したとき、そのことを三井田はここへ電話で知らせただけであった。しばらくして、娘が恥ずかしいことをして合わせる顔がないという手紙を、功造が書いてよこした。

柴田夫婦は、上京しても来なかった。その合わせる顔がない三井田が突然、訪れて来たのだから、喜久子も気まずさが先に立つ。三井田にしても、同じであった。

「まあ、おはいりになって……」

逃げるように、喜久子は背を向けた。

和服だけは、きちんと着ている喜久子だった。

「仕事の途中なもんで、こんな格好で失礼します」

玄関の中へはいって、三井田は後ろ手にドアをしめた。

喜久子は三井田を、小さな応接間へ案内した。

古い道具や装飾品がやたらと並べてあって、小さな応接間をいっそうせまくしている。

外は夏みたいに暑いのに、この家の中の空気はひんやりしていた。

「沙織がほんとうに、申し訳ないことをいたしまして……」

喜久子が、深く腰を折った。

「いや、その話はよしましょう。もう、すぎたことだし……」

ソファにすわりかけて、三井田はまた立ち上がった。

「お詫びに伺わなければいけなかったのに、恥ずかしくてつい行きそびれてしまって……。重ね重ね、申し訳ございませんでした。主人も沙織は勘当だって、怒るだけでしてねえ」

「もうお互いに、忘れることにしませんか」

「友彦ちゃんのことだって、大変なんでしょう」

「ええ、でも何とか……」

「友彦ちゃんの面倒ぐらい、わたしが見なくちゃいけないいんですけど、ここへ引き取るわけにもいかないし、つい三井田さんひとりに押しつけてしまってねえ」

「どうぞ、ご心配なく……」

「お勤めもあることだし、さぞかし大変だろうと思いますよ」

「わたしに甲斐性がないんだから、苦労するのは当然です」

「ほんとうに、悪い娘で……」

喜久子は、目頭を押さえた。

三井田は、ソファに腰をおろした。

「失礼します」

「主人は、碁を打ちに出かけておりますんですよ」

喜久子も、椅子にすわって言った。

「わたしも急いでいますから、また今度お目にかかります」

「それで今日は、どんなご用件で……」

「いまになってと思われるでしょうが、実はどうしても沙織を捜し出したいんです」

「それはまた、なぜなんでしょう」

「もちろん、沙織に戻ってもらうつもりはありません」

「それはもう、当然のことです」

「いつまでも籍をそのままにはしておけないし、離婚届を出したいんです」

「三井田さんだって再婚なさるでしょうし、それもまた当然のことだと思います」

「それにはまず、沙織を捜し出すことでしょう」

「でも、沙織がいまどこにいるか、わたしにも見当がつきません」

「どっちにしろ、いきなり見つけ出すことは不可能です。だから、最初から糸を手繰って
いくという方法しかありません。それで何か、手がかりになるようなことを、ご存じじゃ
ないかと思って……」

「手がかりですか」

「沙織ですが、ここへは一度も来ていないんですか」

「ここへは、来ていません」

「連絡もないんですか」

「連絡って……」

「あったんですね」

「はあ。一度だけ、電話をかけて来ました。このことはいまだに、主人には内緒にしています」

「他言はしません」

「沙織も父親が、怖かったんでしょう。それで、この近くからわたしに、電話をかけてよこしたんです」

「何のためにです」

「お金です」

「金……」

「まとまったお金が欲しいって……」

「それは、いつごろのことですか」

三井田は、眉をひそめた。

男をつくって逃げた人妻の零落した姿を、想像しなければいられなかったのである。

「行方をくらまして、三カ月ぐらいしてからでしょうか」

喜久子は、一年と九カ月前の記憶を、掘り起こす目になっていた。

「どんなことでも結構ですから、思い出して聞かせて下さい」

三井田は、身を乗り出していた。

「大晦日の四日前でしたか。夕方の四時ごろに、泣き声で電話して来ましてね」

喜久子は回想を慎重に、説明する言葉にした。

そのときの電話で沙織は、金がなければ泊まるところもない、頼むからまとまった金を都合してくれと泣きついた。

悪い娘だと腹は立てていても、そこは母親であった。いくつになっても、ひとりしか残っていない子どもに、母親は甘いものである。

それに、年の暮れになって泣きながら金の無心をしてくる娘は、さぞや苦労していることだろうと、同情せずにいられなかった。喜久子はかき集めた現金十万円と、自分の預金通帳にハンコを持って家を出た。

沙織は、県庁の前で待っているという。

確かに沙織はひとりで、県庁の前に立っていた。しかし、近くに停まっている乗用車の運転席にいる男が、沙織の連れに違いないと喜久子は直感した。

その男は色白の二枚目で、年齢は沙織と変わらなく見えた。乗っている乗用車は、古ぼけた国産車であった。喜久子と目が合うと、男は顔をそむけた。

「友彦ちゃんが、可哀想だとは思わないの」

喜久子は言った。

「どうも、ありがとう」

沙織は、喜久子が手にしている封筒を、ひったくるようにした。

封筒の中身は十万円の現金、ハンコ、五十万円以上はある預金通帳だった。今夜は前橋のどこかに泊まって、明日にでも預金の全額を引き出すことにするだろう。

「とにかく、ケジメだけはつけなくちゃね。三井田さんにまず会って、離婚の話し合いをしなさい」

喜久子は、沙織の腕を摑んだ。

「わかったわ」

沙織は喜久子の手を振り払って、果たして停まっている乗用車のところに駆け寄った。

「いま住んでいるところを、電話でもいいから教えなさい」

喜久子は、大きな声を出した。

「あとで、連絡するわ」

沙織は車の助手席に、素早く乗り込んだ。

ドアがしまると同時に車は走り出して、たちまち東へ抜ける通りに姿を消した。ナンバーを、確かめる暇もなかった。

沙織は特に、みすぼらしい格好ではなかった。毛皮のコートを羽織っていたし、髪もちゃんとセットしていた。ただ、化粧っ気がないせいか顔色が悪く、疲れたように険があった。

それっきり、沙織からは連絡がなかった。今日まで完全に音信不通であり、日本のどこに住んでいるのかもわからない。多分、東京だろうとは思うが、あるいは違うかもしれない。

だが、しばらくして意外な人間から、連絡がはいった。

それは、沙織が金の無心に来て、二カ月後のことだった。つまり、去年の二月の下旬ということになる。

男の声で、電話がかかった。

「沙織さん、いませんか」

男の声には、オドオドしているところがあった。

「どなたさまですか」

喜久子は訊いた。

「浜名と申します」

意を決したように、男は口早にそう名乗った。

「浜名さん……」

喜久子には、心当たりのない名前だった。

「浜名正男です。正しい男と書きます」

「沙織とは、どういうご関係でしょうか」

「沙織さんのお母さんでしょう」

「はい」

「だったら、去年の暮れに群馬県庁の前で、お目にかかってます」

「じゃあ、あのとき車の中にいらした方ですか」

「そうなんです」

「でしたら、沙織はあなたと一緒のはずでしょう」

「それが、十日前までは一緒だったんですが……」

「沙織がまた、姿を消してしまったとおっしゃるんですか」

「十日前から、アパートへ帰って来ていないんです。荷物をそっくり置いたままなんですけど、電話一本かけてこないんですよ。それで、そちらにいるんじゃないかと思って……」

「いいえ、ここへは連絡もないし、姿も見せません」

「そうですか」

男は失望したらしく、声を低くして吐息した。

「アパートって、あなたはいまどこにいらっしゃるんですか」

喜久子としても、沙織につながるただ一本の糸を、見失いたくはなかった。

「東京です」

男は答えた。

「東京のどこなんです」

喜久子は、食い下がった。

「また、お電話しますから……」

男はそこで、もう用はないというように、さっさと電話を切った。

しかし、この浜名正男という男からの連絡は、一度だけに終わらなかったのである。更に一年三カ月がすぎた今年の五月に突然、浜名正男が電話をかけて来たのだ。

夜中の電話であり、浜名正男はひどく酔っぱらっているようであった。

「お母さんですね、浜名です。もう、忘れられちゃったかな。一度、電話したことがある浜名正男なんですけど、お母さん覚えていますか」

酔っている浜名は、ペラペラとよく喋った。

「覚えていますよ」

喜久子は、目をこすりながら言った。

「どうも、しばらくです。お変わりありませんか。その後、沙織さんから、一度ぐらい連絡がありましたかね。ぼくのところへは、あれっきり戻って来ませんでしたよ」

「ここにも、電話一本かかりません」

「やっぱりね。あの女は、蒸発が好きなんですよ。浮き草の性分なんですよ。それとも、華やかな花ばかりを追い求める蝶かな。糸の切れた凧みたいに、どこかへ飛んでいくのが得意なんですね。頭に来たから、彼女が残していった宝石や洋服は、すべて叩き売っちゃいましたからね」

「そうですか」

「いまはね、ぼくも群馬県に住んでいるんですよ。でもね、沙織さんへの未練から、群馬県に住んだわけじゃないんだ。たまたま、群馬県に住むようになっちゃったんですよ。もう彼女には、未練も何もない。ただ、ぼくの一生を狂わせた女として、頭には来てますけどね」

「よく、わかりました」

「この電話も、未練でかけたものじゃないんです。いま飲んでいるうちに、彼女のことを思い出して、電話をかけてみようって気になったんです。夜中にお騒がせして、どうもすみません」

「念のために、あなたがいらっしゃるところの電話番号を、伺っておきましょう。沙織から何か言って来たら、あなたにもお知らせするために……」

喜久子は言った。

「いいですよ。電話は〇二七七八のですね……」

と、浜名正男は番号を告げて、電話を切ったのであった。

「これだけのことで、ほかには何もございません」

説明を終えて喜久子は、三井田の前に軽く頭を下げた。

三井田はゆっくりと、左手を握ったり開いたりしていた。浜名正男というのが、沙織の最初の愛人であることは、まず間違いなかった。

その愛人が沙織と同年配の男という点で、喜久子と淳子の話は一致している。それに、沙織が男のことを『マーちゃん』と呼んだと、淳子は言っていた。

正男という名前には、『マーちゃん』の愛称が当てはまる。

沙織は蒸発する四カ月ほど前から、女として著しく変化した。つまり、一昨年の五月ごろから浜名正男との恋愛が始まり、肉体関係に進んだものと思われる。

そして、一昨年の九月の末、丁度いまごろ沙織は家出をした。その後は都内で、浜名正男との同棲生活が続いた。

ところが間もなく経済的に行き詰まり、沙織は浜名とともに喜久子に金の無心をするため、前橋へ出向いている。六十万円ほどの金を手に入れた沙織と浜名は、東京へ引き返したことになる。

しかし、それから二カ月後の去年の二月に、沙織は浜名を見捨てて、またしても姿を消した。今度は愛人のもとから、蒸発したのである。

その後の沙織は、完全に行方不明となり、消息は皆目わからない。

浜名との関係が続いたのは、蒸発してからわずか五カ月間だけだったのだ。あとの一年と七カ月は、ほかの男のものになっている沙織と、考えるべきである。

「浜名が教えた電話番号、いまでもわかりますか」

左手の開閉をやめて、三井田は表情のない顔を喜久子へ向けた。

「メモした紙が、とってあります」

　喜久子は走るようにして、応接間を出ていった。

　浜名は今年の五月に、群馬県に住んでいると電話をかけて来た。いまから、四カ月前のことである。浜名はまだ、そこでの生活を続けているかもしれない。まずは、浜名正男という男に、会ってみることだった。

「どうぞ、お持ち下さい」

　戻って来た喜久子が、メモ用紙を差し出した。

「ところで、京都の女子大生誘拐事件を、ご存じでしょう」

　メモ用紙を手帳のあいだにはさみながら、三井田はさりげなく喜久子の反応を窺った。

「新聞で、読みましたけど……」

　怪訝そうに、喜久子は答えた。

「新聞だけですか」

「ええ」

「ほかのニュースは、見ても聞いてもいらっしゃらないんですか」

「ほかのニュースって……」

「テレビとかラジオとかです」

「主人もわたしも嫌いなもんですから、テレビというのはいっさい見ないんですよ。それにラジオは、家に置いてないんです」

「そうですか」

喜久子の目に嘘は認められないと、三井田は思った。

「それが、何か……」

戸惑ったように、喜久子は笑った。

「いや、何でもありません。どうも、お邪魔しました」

三井田は、腰を浮かせた。

新聞の記事だけでは、犯人の声を聞くことにはならない。沙織の兄や姉は、この世にいない。柴田家の近所の人々も、沙織の旧友たちも、十年以上前の彼女の声しか知らないのだ。

沙織の両親は、娘が凶悪な犯罪に関係しているかもしれないということに、まったく気づいていないのである。

2

遅い昼食をすませてから、前橋を出発した。

国道十七号線を、北上する。渋川、沼田、猿ケ京などを経て、三国峠を越えれば新潟県であった。

だが、まだ先は長い。今夜遅くなって、新潟市の国内運輸ターミナルに到着する。すぐベッドにはいって、明朝も六時起床だった。新たにトレーラを積んで、七時に出発、東京へ引き返すことになる。

渋川をすぎたところで、三井田は松下大助と運転を交替した。これから先の道は上りになるが、利根川沿いの風光明媚な景色を眺めることができる。

利根川の岸の絶壁や道路筋の断崖には岩ばかり露出しているが、まだ緑が豊富で、見た目には真夏と変わらなかった。遠く青空の下に波打つ谷川山地が、絵ハガキのように華麗であった。

「暑いすね」

松下大助はラジオの音楽を鳴らしながら、ご機嫌といった感じで運転を続けている。

スピードは出せなくても、ほかの車を圧倒する巨大なフルトレーラ・トラックを転がしていると、男は支配者になったような満足感を覚えるのだ。

それに松下大助は、不機嫌になることを知らない男であった。

沼田をすぎた。

「三井田さんは、肉親のことをあまり話しませんね」

　何を思ったのか、松下は急に妙な話を持ち出した。

　思いついたことを脈絡もなく、いきなり口にする松下なのである。

「話すようなことが、ないからだろう」

　シートに凭(もた)れて、三井田は目を閉じていた。

「亡くなったんですか」

「うん」

「両親とも……」

「ああ」

「兄弟は、いないんですか」

「兄貴は、ひとりいる」

「兄弟二人だけですかね」

「うん」

「その兄さんっていうのは、どこにいるんです」

「いまは、西ドイツだ」

「西ドイツ……！」

「驚くことはないだろう」

「西ドイツで、何をしているんです」

「大使館員だよ」

「三井田さんって、すごいんだな。兄は大使館員、弟はジェット旅客機のパイロットだったんだから……」

「大したことはない」

「それだと結局、三井田さんの肉親というのは、日本にひとりもいないってわけですかね」

「うん」

「田舎(いなか)は、どこです」

「ないよ」

「じゃあ、東京出身ですか」

「うん」

「そうなると、親戚(しんせき)付き合いもロクにないっていうやつですね」

「親戚も他人も、変わりない。むしろ、他人のほうに深い縁がある。他人さまは、親切だよ」

三井田は、結城母娘のことを頭に置いていた。

「うるせえ親戚なんて、ないほうがいいですよ。田舎の親戚っていうのは、何だかんだと口を出しますからね」

松下は親戚の悪口を言いながら、嬉しそうに笑っていた。

「あんたの田舎は……」

薄目をあけて三井田は、松下大助の横顔を見やった。

「ご当地にござんすよ」

松下は、胸を張った。

「群馬か」

三井田は、大きく目を開いた。

「上州は、桐生にござんす」

松下大助は、浪曲をうなるような声を出した。

「群馬県の〇二七七七八っていう局番を、知っているかい」

「〇二七七七八ねえ」

「どのあたりか、見当もつかないか」

「桐生は、〇二七七なんですよね」

「近いんじゃないのかな」

「〇二七七八っていうのは、薮塚本町（やぶづかほんまち）じゃなかったかな」

「薮塚本町……」

「桐生市のすぐ南にある町で、群馬県新田（にった）郡薮塚本町っていうんです。東群馬で、栃木県に近いすよ。薮塚温泉というんで、知られてますけどね」

「温泉があるのか」

三井田は、姿勢を正した。

「そこに、列車の時刻表がはいってますよ。広告のページで、電話番号を確かめてみたらどうですか」

助手席のドア・ポケットを、松下大助が指さした。

三井田は、ドア・ポケットから列車の時刻表を抜き取った。時刻表の最後のほうに、全国の日本観光旅館連盟会員旅館・日本交通公社協定旅館の案内広告が載っている。なるほどそこには、全国各地の電話局番が記載されていた。

三井田は、県別のうちの群馬県の部分に、目を走らせた。薮塚温泉を捜し当てて、そこの電話局番を確かめた。薮塚本町〇二七七八、となっていた。

〇二七七八——。

間違いなく、一致する。

浜名正男という男は、この藪塚本町のどこかにいる。いや、今年の五月には、絶対にいたのである。

藪塚温泉の会員旅館・協定旅館として、七、八軒の旅館名と料金と電話番号が記されている。電話番号は、局番抜きの四ケタであった。

ついでにという気持ちから、各旅館の電話番号を、三井田は何気なく見てみた。その中に、三井田の記憶に残っている番号が認められた。

三井田は急いで、手帳を取り出した。手帳のあいだにはさんであるメモ用紙を、時刻表のそのページに押しつけるようにした。喜久子がメモした数字と、『ホテル三日月』という旅館の電話番号とを照合する。

局番はもちろんのこと、あとの四ケタの番号もぴったりであった。数字ひとつの違いもない。

喜久子がメモしたのは、藪塚温泉のホテル三日月の電話番号だったのだ。藪塚本町のどこにいるのか、調べる必要はなくなった。

浜名正男がいるところは群馬県新田郡藪塚本町、藪塚温泉のホテル三日月であった。

この五月に、浜名正男が客として、ここに滞在していたとは考えられない。浜名は喜久子に電話で、『たまたま群馬県に住むようになった』と言っている。

旅館の客なら、『住むようになった』とは表現しないだろう。住むようになったとはホテル三日月に『住み込む』という意味なのである。

浜名正男は、住み込みで働くことになったのだ。ホテル三日月の従業員であった。従業員ともなれば、少しは長続きするはずだった。

電話があった五月から、まだ四カ月しかたっていない。浜名正男はいまもなお、藪塚温泉の旅館にいるという可能性が強まった——。

「どうです」

松下が訊いた。

「文句なしだ。局番だけじゃなくて、藪塚温泉のホテル三日月という旅館の電話番号と、ぴったり一致した」

三井田は音を立てて、手帳を閉じていた。

「ホテル三日月だったら、藪塚では最高ですよ。建物も近代的だし、旅館式ホテルってやつですね」

また得意そうな顔になって、松下大助はタバコに火をつけた。

そのとき、ラジオが時報を告げた。

午後三時の時報だった。

「三時のニュースです。今日の正午すぎ、京都の女子大生誘拐事件の被害者として、その安否を気遣われていた藤宮陽子さんの遺体が、捜索隊によって発見されました。これで、生きてさえいてくれればという被害者の父親、藤宮善次郎さんの最後の望みも絶たれ、残酷このうえない悲惨な誘拐殺人事件となりました」

アナウンサーの声が、キャブ内いっぱいに充満した。

「警察のカンが、的中したんだ」

興奮したように、松下大助が大きな声で言った。

三井田は一瞬、胸の筋肉が収縮するのを感じた。ある種のショックを、受けたのだった。自分には関係ないと思いながらも、他人事(ひとごと)として傍観できるものではなかった。あの沙織が営利誘拐だけではなく、人殺しまでしていたということになる。

沙織はかつて、恋愛の対象となった女であった。

愛し合い結婚して、一児をもうけたのである。

夫婦として一緒に生活し、夜は最も深い結ばれ方の男女となり、抱き合って眠ったのだ。楽しいときもあり、幸福そうな妻だったときもあった。その沙織がいまは、誘拐殺人事件の犯人のひとりなのだろうか。同じ人間が、そうまで変わるのか。人生とはそこまで、狂うものなのか。

とんでもないことをしたと怒鳴りつけてやりたいと思う反面、三井田には沙織という女が悲しくてならなかった。

「そうした情況から、藤宮陽子さんが犯人にやすやす連れ出されるはずはないと判断し、陽子さんを山荘から強制的に拉致(らち)した場合は、その直後に山荘付近で殺害するほかはないという見方を強め、警察当局は今日の捜索を決めたものです」

アナウンサーが報ずるニュースは、更に続けられている。

三井田は、沈黙を守っていた。無意識のうちに彼の左手は、強く握りしめられ、大きく広げられるという動きを繰り返している。三井田の表情は、怒りと悲しみに凄(すご)みを増していた。

被害者は誘拐直後に、六甲山の山荘付近で殺害され、死体もそこに隠されているという判断に基づいて、京都府警と兵庫県警では六百人の警察官を動員、今朝六時から集中的な大捜索を開始した。

その結果、約六時間後の正午すぎに、被害者の遺体を発見した。

場所は、神戸市灘(なだ)区六甲山町北六甲の雑木林の奥で、山荘や別荘が点在している一帯である。

しかし、発見場所となった雑木林は広く、近くに別荘などは一戸もなかった。いちばん近距離にあるのが、藤宮家の山荘だったのだ。

藤宮家の山荘の裏手から、約三百五十メートルの地点であった。

遺体は約五十センチの深さで、地面に埋めてあり、かぶせた土もしっかりと固められていた。

そのために腐乱状態はそれほどひどくなく、被害者であることの確認も困難ではなかった。

被害者の遺体に間違いないことが、複数の人間によって確認された。

変わり果てた姿の娘と涙の対面をしたあと、藤宮善次郎はショックの余り呼吸困難に陥り、神戸市内の病院に収容された。

遺体はジーンズをはき、ピンクのブラウスのうえに白いサマーセーターを着ていた。腕時計、ペンダント、ファッション・リングなどは、そのままになっていた。

布地のセカンド・バッグが一緒に埋めてあったが、中身の現金に手はつけられてなかった。

サンダル・シューズを、足につけていた。解剖結果を待たなければならないが、暴行された形跡や抵抗したあとは、ほとんど認められないといってよかった。

死因と死亡推定時刻も、解剖結果によらなければ明言はできない。しかし、死後二十日間以上は経過しているという所見と、死体が埋められていた場所から推して、九月五日の夜の誘拐直後に殺されたことに間違いはなかった。

遺体の後頭部に、頭蓋陥没（ずがいかんぼつ）の打撲傷があった。

更に被害者の首には、ロープ状にまるめたスカーフが深く食い込んで巻きつけられ、両端を結んだままにしてあった。そのスカーフは、被害者の所持品である。

撲殺か絞殺か、どちらが直接の死因になったかは不明だった。だが、いずれにしても犯人は被害者の後頭部に強力な一撃を加えたあと、念のために首を絞めたものと推定される。

このように、被害者の遺体捜索は場所の限定が非常に的確であり、わずかに六時間で成功し、警察当局としては大いに面目を施したのである。

「馬鹿というか間抜けというか、こういうことをする犯人のツラが見たいね」

松下が舌打ちしながら、ラジオを音楽番組に変えた。

犯人の顔が見たい——。

その犯人のひとりはおれの女房だと言ったら、松下大助はどうするだろうかと、三井田はくだらないことを考えていた。

「そう、思いませんかね」

松下は三井田の目の前に、広げた左手を突き出した。

「うん」

三井田は、ドロップの缶の蓋をあけた。

「だって、人ひとり殺して、一円にもならないんだから……」

松下大助は、左手を突き出したままだった。

「一億円も要求したにしては、確かにお粗末だ」

三井田は松下の手のうえに、缶入りドロップを五粒ほど転がした。

「だいたい誘拐ぐらい、割りに合わない犯罪はないって言いますからね。これまでだって、成功した例は一件もないそうですよ」

松下は五粒のドロップを、一度に口の中へ投げ込んだ。

「しかも、今度の場合は、二人がかりでやったことだ」

三井田は一粒だけ、ドロップを口に入れた。

しゃぶっていても、味が感じられない。三井田はドロップを、ガリガリと噛み砕きたくなっていた。

「あの男と女、夫婦ですかね」

「まさか……」

「悪党と、その情婦か」

「そんなところだろう」

「悪党にしちゃあ、執念とか根性とかに不足しているな。そのことも、今度の事件の犯人の気に入らないところなんすよ。何かこう、あっさりしすぎているというか、のんびりしているというか、最後も簡単に諦め（あきら）ちゃっているしね」

「そうかな」

「そうすよ。誘拐犯人ってのは、もっと執念深いし、しつこいですよ。何としてでも金を手に入れようって、焦りもあるし躍起（やっき）になるでしょうが」

「今度の犯人だって、必死になっていたんじゃないのか」

「だったらもっと、しつこく電話をかけて来たって、いいじゃないですか。これまでの誘拐事件だって、みんなそうだったすよ。一日に何回も、犯人から電話がかかってくる。ひどいのになると、一日十何回って電話をかけてますからね」

「うん」

「それが、今度のはどうですか。九月の六日から七日、八日、九日、十日と、一日に一回ずつしか、電話をかけていないでしょう。まるで、定期便だ」

「それだけ犯人が、冷静で慎重なのかもしれない」

「そうだとしたって、一日に一回しか連絡してこない誘拐犯人なんて、今度の例が初めてなんじゃないですか」

松下大助は、まるで憤慨するような口ぶりになっていた。

「うん」

言われてみれば、なるほどそのとおりだと、三井田は思った。

これまでの誘拐事件は、確かに犯人からの電話が多い。長くて三日間が勝負だと、犯人にも焦りがある。一時間でも早く身代金を手に入れなければ、犯人側は不利になる一方なのだ。

それで何回でも、被害者宅に電話を入れる。一日のうちに十七、八回も犯人からの電話があったという誘拐事件は、松下の誇張でなくて三井田の記憶にも残っている。

一日に一回しか犯人からの連絡がないという誘拐事件は、今度が初めてぐらいに珍しい例といえるかもしれなかった。松下もおもしろいことに気がついたものだと、三井田は感心していた。

猿ケ京をすぎればもう山間部であり、三国峠を目ざしてニッサンディーゼル・フルトレーラ・トラックの登攀能力を、試される道路が続く。

乗用車の往来が急激に減り、山に区切られて空がせまくなった。樹海が広がり、キャブの中を木陰が流れる。

誘拐殺人犯の沙織は、いまどこにいるのか――。

「次のドライブインで、運転を交替するぞ」

表情のない顔で、三井田は言った。

3

翌日、新潟からの帰路は、前橋まで同じコースをたどった。前橋からは本来ならば、関越自動車道へはいるはずだった。しかし、今朝の出発前に三井田は、コース変更を松下大助に伝えた。

前橋から藪塚（やぶづか）温泉へ向かう、というコース変更である。

現在、藪塚温泉のホテル三日月に、浜名正男がいるということは、前夜のうちに確認ずみであった。

三井田は昨夜遅く、新潟からホテル三日月へ電話を入れたのだ。フロント係らしい男の声が、電話に出た。まず三井田は、明日一泊の予約を申し込んだ。

部屋は、取れるということだった。三井田は、松下大助の名前を借りることにした。松下という偽名で予約し、前橋の柴田家の電話番号を告げた。浜名は、三井田という名前を忘れるはずがない。

浜名正男の耳にはいることを、警戒したのであった。

滅多にない三井田という名前を聞いて、浜名はあるいはと思うかもしれなかった。その結果、浜名が逃げ出すということも、あり得るのだった。

「松下さま、おひとりでございますね。では明日、お待ち申し上げております」

と、フロント係は、電話を切りそうになった。

「ちょっと、つかぬことをお伺いしますがね」

あわてて、三井田はそう言った。

「はい」

「そちらの従業員の方に、浜名正男さんっておいでですか」

「はい、おります」

「もう、長いんですか」

「そうですね、今年の四月からでしょうか」

「仕事は……」

「事務所の総務関係の仕事をしております」

「浜名さんとホテル三日月とは、何か特別な関係があるんですか」

「当ホテルの社長の奥さまと、浜名さんは従弟に当たるということで、まあ縁故関係はございます」

「わかりました」

「お客さまは浜名と、お知り合いの方でございますか」

「いや、そういうわけじゃありません。では、明日……」

三井田は、電話を切った。

おそらくフロント係は、こういう電話があったと浜名の耳に入れるだろう。浜名としても、不気味ではある。しかし、その程度のことであれば、浜名も逃げ出すところまではいかない。

松下という名前にも、心当たりはないのだ。

多分、何者か顔を見てやろうと、浜名はフロントの奥に隠れて、三井田がくるのを待ち受けるのではないだろうか。

だが、浜名は三井田と、会ったことがないのである。顔を見ても、沙織の夫だとはわかるはずもない。

前橋で、松下大助が運転席に移った。国道五十号線を、東へ向かった。

三井田は、スリーパで着替えを始めた。白いワイシャツに黒のスーツ、ネクタイはダーク・グリーンの無地だった。乗務員のユニホームは、スーツ・ケースの中に入れた。

桐生市の南のはずれで、フルトレーラ・トラックは停まった。

三井田はスーツ・ケースを持って、スリーパから地上に降り立った。

藪塚温泉までは、これから南へ下らなければならない。しかし、その南への道路にフルトレーラ・トラックがはいり込むと、動きがとれなくなるという恐れがあるのだ。

フルトレーラ・トラックはこのまま直進して、栃木県の国道五十号線を走り、東北自動車道へはいったほうが無難なのであった。

「じゃあ、どうも……」

キャブの窓から、松下大助が身を乗り出した。

「東京まで、大した距離じゃない。ひとりでも、大丈夫だろう」

三井田は、サングラスをかけた。

「任しといて下さい」

松下は、ニヤリとした。

「わたしは急病ってことなんだから、しばらく休むかもしれない」

三井田は後退して、フルトレーラ・トラックから離れた。

「インテリは、念入りすぎるんだな。何もかも、よくわかっていますよ」

投げキッスをすると同時に、松下大助はフルトレーラ・トラックを発進させた。帰りのトレーラは、両方とも銀色である。巨大な自動車は、銀色に輝いていた。全長が十九メートル近いフルトレーラ・トラックは、三百三十馬力のターボ・エンジンによって、みるみるうちに遠ざかっていく。

恋人との別れを惜しむように、それが視界から消えるまで、三井田は見送っていた。間もなく沈もうとする夕日を浴びて、三井田の孤影は路上に長く伸びていた。

空車のタクシーを見つけて、三井田はそれに乗った。

タクシーは、主要地方道路を南へ走った。藪塚温泉まで、五分で行けるということであった。

藪塚温泉郷入口とある十字路を左に折れて、東武鉄道の線路を渡ると、前方に丘陵地帯が見えた。

その丘陵地帯を背景に、旅館街が広がっている。

タクシーは、五階建ての建物の前で停まった。その建物がホテル三日月だった。夕方の六時であり、ひととおり客が落ち着く時間である。

みやげものの売場やロビーに、人影はなかった。ゲーム・コーナーにだけ、賑やかな人工音と人声があった。

三井田は、フロントに近づいた。フロント係がひとりだけいて、知り合いでも迎えるように笑顔を見せた。

「松下さまでございますね」

フロント係が、頭を低くした。

「どうして、わかるんです」

三井田は、フロントの奥の事務室で、人影がチラッと動くのを見た。

「お客さまは松下さまを除いて、残らずもうお着きになってます。それに、おひとりさまのお客さまは、松下さまだけでございますから……」

中年のフロント係は、愛想よく笑った。

「なるほどね」

宿泊カードに署名しながら、三井田は事務室の入口へ目をやった。

そこには、男がひとり立っていた。三十年配であり、知的とは言えないが色白の二枚目であった。ワイシャツにネクタイ、それにベストだけを着ている。

視線が合った。

男は、横を向いた。

思ったとおりである。フロント係から話を聞いて浜名正男は気味が悪くなり、松下と称する客の顔を見定めようとしているのだ。

だが、浜名にはわからない。

サングラスをかけているからではなく、もともと知らない男なのであった。

「お部屋へ、ご案内いたします」

ルーム・キーを手にして、フロント係が言った。

「いや、その人に案内してもらいたいですね」

三井田は、浜名と思われる男のほうへ、向き直った。

「こちらは、係ではありませんので……」

フロント係の顔から、笑いが消えていた。

「しかし、このホテルの従業員であることに、変わりはないでしょう」

三井田は、表情を動かさなかった。

浜名らしい男が、事務室の奥へ引っ込もうとした。

「逃げるんですか、浜名さん」

男の背中に、三井田は声を飛ばした。

ギクリとなって立ち止まり、浜名正男は恐る恐る振り返った。

「わたしに何か、用があるんですか」

臆病そうな目つきで、浜名正男は言った。

「ええ」

三井田は、小さくうなずいた。

「わたしは別に、逃げも隠れもしませんよ」

浜名の顔は、硬ばっていた。

「だったら、部屋まで案内してもらいましょうか」

三井田は、スーツ・ケースを手にした。

拗ねた子どものように、フロント係から乱暴にキーを受け取ると、浜名はカウンターの外へ出て来た。

浜名は先に立って、足早に歩いた。エレベーターに乗る。二人だけが、並んで立つ格好になる。長身の三井田とは、肩の高さに差があった。

三階で、エレベーターを降りた。廊下へ出て、右側の最初の部屋のドアに、『松下様』という貼り紙がしてある。

浜名がルーム・キーで、その部屋のドアをあけた。

「部屋の中へ、どうぞ……」

三井田は、浜名を見おろした。

「そこまではできません、規則ですから……」

浜名の顔に、不安の色があった。

「別に、危害は加えませんよ」

三井田は、首を振った。

「すぐ、客室係が参りますから……」

浜名は、逃げ腰になっていた。

「あんたに、用があるって言ったじゃないですか」

三井田は、浜名の肩のあたりを押しこくった。

「あなたは、誰なんです！」

叫びながら浜名は、部屋の中へのめっていった。

「あんたが、よく知っている人間です」

三井田も室内へはいって、勢いよくドアをしめた。

「松下さんなんて、わたしは知りませんよ！」

浜名は、青い顔になっていた。

入口近くの左右に浴室とトイレがあって、正面が座敷になっている。その座敷に沿って通り抜けると、奥はベッドが二つ並んでいる洋間だった。

三井田が歩き出すと、浜名は奥の洋間へ逃げた。

三井田は、窓の外を眺めやった。そこには、灯も照明もない夜景が広がっていた。星が輝く空と、黒々としたシルエットになっている丘陵地帯であった。

三井田はふと、わが身の味気なさを思った。

浜名に対しては、妻を寝取った男という意識もない。すべて、沙織が悪いのだ。そして、沙織の罪の因は、三井田自身にあるのに違いない。

だから、浜名には憎しみも嫉妬も怒りも、感じなかった。目的はただ、沙織を捜し出すことだけである。

その目的さえ阻害されなければ、浜名のことを責めるつもりはない。

だが、そうしたこととは別に、ひとりの女の夫と愛人の接触に、三井田はむなしさと味気なさを覚えるのだった。なぜ、ここでこの男と会わなければならないのかと、人生の惨めさを感じていた。

「沙織のことを、聞かせてくれませんか」

提げたままでいることに気づいて、三井田はスーツ・ケースを足もとに置いた。

「え……」

驚いて顔を上げる浜名の姿が、窓ガラスに映っていた。

「どうしても、沙織を捜し出さなければならないんです。そのための手がかりが、欲しい」

窓ガラスに映っている浜名に、三井田は言った。

「あなたは、沙織さんの……」

二歩三歩と、浜名はあとずさった。

「三井田です」

三井田は、しゃがれた声になっていた。

「お願いです、許して下さい！」

浜名はいきなり、絨毯（じゅうたん）のうえにすわり込んだ。

「そんなことは、どうでもいい」

三井田は、サングラスをはずした。

「このとおりです。どうも、申し訳ありませんでした」

両手を突いて浜名は、何度も頭を下げた。

乱れた髪の毛の先が、絨毯をこすっていた。

「話を聞かせてくれませんか」

「ですけどね、これは弁解じゃないし、自業自得だと思いますけど、ぼくも被害者なんですよ。沙織さんのおかげで、ぼくの人生は狂っちゃったんです」

「あんたと沙織は、どうして知り合ったんですか」

「六本木のディスコです。ぼくのおやじは新宿と六本木で、レストランとディスコを二軒ずつやってました。ぼくは専務ということで、六本木のディスコを任されていたんです。その六本木の店へ、沙織さんが客としてくるようになり、ぼくと親しくなりました。それで、その深い関係になったら、沙織さんはもう夢中で、何とかしてくれって……」

「沙織のほうから、誘ったっていうんでしょう」

「あなたと一緒に暮らしたい、それには家出をしなければならない、蒸発するからあとのことを何とかしてくれって……」

「あんたと沙織は、どこで暮らすようになったんですか」

「ぼくは、店の金を三百万ほど持ち逃げして、沙織さんとホテル暮らしをしていたんです。そのためにぼくはおやじから、家や店の敷居をまたぐことは死ぬまで許さないって、出入りを禁じられました」

「当然でしょう」

「三カ月もしたら金は使い果たしてしまうし、ホテルにはいられない、住むところはないって、切羽詰まった状態になってしまって……」

「それで、沙織の実家へ、金の無心にいったんですね」

三井田は、ベッドに腰をおろした。

「それまで乗っていたベンツも、おやじに取り上げられちゃったんで、あのときはレンタカーで前橋へ行くっていう始末でしたけど……」

立ち上がって浜名も、もうひとつのベッドにすわった。

喜久子にもらった金で、東京へ戻った二人は中野区東中野の安アパートの一室を借りた。このころまでは、浜名と沙織の仲もまだ熱かったらしい。だが、生活を維持するためには、収入がなければならない。父親の会社しか知らないし、若いうちから専務とか支配人とかの扱いを受けていた浜名は、いざとなるとまったく役に立たなかった。ちゃんとした職にはつけない。働き口はあっても、収入らしい収入は得られない仕事ばかりだった。

沙織が、働くほかはなかった。そうなれば、お定まりの夜の商売である。年が明けて、一月十日から沙織は、銀座の高級クラブに勤めるようになった。

浜名のほうは定職もなく、安アパートで終日ごろごろしていて、もっぱら沙織へのサービスに精を出すという役目だった。

そうした日々が続くうちに、沙織の浜名に対する気持ちは急速に冷めていく。これもよくあるケースだが、働く女と徒食する男の関係は、女の冷淡さと男の嫉妬(しっと)が強まる一方であった。

沙織の帰宅は夜中になり朝になり、やがて外泊するようにもなる。浜名は男と寝たのだろうと詰め寄り、沙織はそれをせせら笑い、喧嘩(けんか)が絶えなくなる。

銀座の高級クラブのホステスになって、わずか一カ月と七日後に、沙織は浜名の前から姿を消した。高価な宝石類と毛皮のコートなど荷物の一部は持ち出していたが、あとはそっくり残したまま、沙織は東中野の安アパートへ帰ってこなくなったのである。

浜名は、沙織が勤めていた銀座のクラブ〝輪舞〟へ出かけていったが、彼女はもうその店にいなかった。二月十八日という沙織が姿を消した日に、輪舞も辞めていたのだった。

沙織がほかのバーやクラブに移ったという話は、誰も耳にしていないとのことであった。

浜名は安アパートで一カ月以上、沙織の帰りを待ってみたが、その甲斐(かい)はまったくなく、彼もついに諦(あきら)めた。何とか食べる方法も、講じなければならなかったのだ。

浜名は沙織の荷物を処分して、住み込みで働くことにした。

同じ東中野のそば屋の住み込み店員になり、下働きと出前の仕事を受け持った。しかし、半年後に主人と喧嘩して、その店にはいられなくなった。

そのあと、目黒区内のビルの保安警備員になったが、これは住み込みではなく給料も安かった。隔日勤務で身体は楽でも、生活が苦しいのに耐えきれなくなって、五カ月でやめた。

今年の二月になっていた。

浜名は父親に泣きついたが、相手にもされなかった。代わりに母親が、姉の娘の嫁ぎ先に口をきいてくれた。それが、群馬県の藪塚温泉のホテル三日月だったのである。

浜名正男はホテル三日月の総務関係の仕事を任され、食と住に不自由はなく、社長夫人の従弟ということで待遇も悪くなかった。だが、父親の会社の後継者になれたはずの自分を思えば、浜名の人生は沙織によって狂わされたということになるのだった。

「身から出たサビということですが、ぼくも人生の道を誤り、ずいぶん苦労もしました。そのことに免じて、どうか勘弁してやって下さい」

浜名はそう話を結んで、改めて三井田の後ろ姿に頭を下げた。

三井田は脚を組んだまま、動かずにいた。彼の左手だけが別個の生きもののように、握りしめられたり広げられたりという動きを続けている。

「その〝輪舞〟というクラブは、銀座のどのあたりにあるんですか」

しばらくして、三井田は浜名を振り返った。

「みゆき通りです」

浜名は答えた。

三井田は、無言でうなずいた。

「三井田さん、こんなことを言えた義理じゃありませんけど、せめてもの罪滅ぼしとして、沙織さんを捜すことに是非とも協力させて下さい」

浜名が言った。

三井田は表情のない顔で、黙り込んでいた。

4

その夜、三井田は熟睡した。

沙織は誘拐だけでなく、人殺しの手伝いまでしているという疑いが濃くなった。しかも、沙織の行方(ゆくえ)については、まだ方角の定めようさえないのだ。

沙織と一緒に逃げた男とも会ったし、ほかにもいろいろなことがあった。そのうえ、ひとり旅先にいて、どうして熟睡ができるのだろうか。

そこには、何とも皮肉なものが感じられる。

ひとりでいるということが、いまの三井田には最大の救いなのかもしれない。ほんとうにひとりきりになれたときは、やりきれないような人間関係もなくなるのだ。

孤独こそ、安息なのである。

それだから、安らかに眠ることもできたのに違いない。

翌朝、快適な目覚めを迎えた。身体の火照りも消えていたし、食欲を感じていた。

八時に、朝食をすませた。

洋服に着替えて、三井田は部屋を出た。一階のフロントで、支払いを終えた。タクシーを呼んで東武線の藪塚駅まで行き、浅草へ向かうつもりでいた。

だが、フロント係がさっさと、三井田のスーツ・ケースを運んで行く。フロント係はそれを、玄関口の前に停まっている乗用車の助手席へ運び入れた。

運転席には、浜名正男の姿があった。

藪塚駅まで送ってもらうのに遠慮することもないだろうと、三井田はその乗用車の後部座席に乗り込んだ。

「おはようございます」

浜名が、笑顔で挨拶した。

「どうも……」

三井田は、サングラスをかけた。

夏を思わせるような紺碧(こんぺき)の空が広がり、遠くには銀色の雲が浮かんでいる。今日もまた、暑くなりそうだった。

ここしばらく、夏に戻ったような気温と晴天が続くと、天気予報も告げていた。

乗用車が、走り出した。浜名正男は、白い背広にピンクのワイシャツで、ブルーのネクタイをつけていた。派手(はで)な服装であり、それが以前からの好みなのだろう。

これが、かつて沙織からマーちゃんと呼ばれていた男だと思うと、何となく滑稽(こっけい)になってくる。

三井田は振り向いて、緑の丘陵地帯と静かな温泉町に別れを告げた。

浜名が運転する車は、藪塚駅の前を通りすぎて、南へ走り続けた。

「どこまで、送ってくれるんですか」

三井田は、声をかけた。

「東京までです」

浜名は、チラッと横顔を見せた。

「あんたにも、東京まで行く目的があるんですか」

もうそんなことはどうでもいい、という気持ちに三井田はなっていた。

「だから、昨夜お願いしたでしょう。手伝わせて下さいって……」

ルーム・ミラーに、浜名の真剣になった顔が映っていた。

「ホテルのほうは、どうなっているんです」

「ちゃんと、休暇をもらって来ました。九日間の休暇を……」

「九日間……?」

「いいんですよ。四月から一日も、休みを取っていないんですからね」

「九日間のうちに、沙織が見つかるとは限らない」

「それならそれで、かまいません。ぼくは、手伝いたいだけなんです。沙織さんを見つけ出して、恨みつらみの数々を並べ立ててやろうなんて気持ちは、これっぽっちもありませんよ」

「だったら、いいけどね」

「ぼくには、恋人もいるんです。ホテルのフロントにいる女の子ですけど、来年には結婚するっていうことも公認されているんですよ」

「それは、よかった」

「ただし、九日という休暇の期間は絶対に守るようにって、社長から厳しく言われて来ました。一度、人生に失敗した人間には、二度とルーズな真似は許されないって、うちの社長も厳しいんですよ」

　運転しながら、浜名は首をすくめた。

「わたしも、九日という期限を、忘れずにいましょう」

　三井田は言った。

　浜名正男も、決して悪い男ではないのだ。軽率ではあるが、お人よしなのだろう。騙すよりもむしろ騙されるほうで、底の浅い『ぼんぼん』というところなのである。

　素直にコマメに動く男のようだし、邪魔さえしなければ苦にするほどのことはないと、三井田は思った。

　藪塚温泉から、三時間たらずで都心についた。

　銀座の地下駐車場に荷物と車を置き、食事と映画で午後の時間をつぶした。夜の七時になるのを待って、浜名の案内で三井田はクラブ輪舞へ向かった。

　クラブ輪舞は銀座のみゆき通りにあるビルの地階を占めていて、いかにも高級を売りものにしているような店であった。

　ボーイがやたら大勢いて、壁はすべて鏡か皮張りである。広いフロアの中央で女がピアノを弾き、長いカウンターの奥には数百本の酒瓶が並び、トイレにはいってもサービス係にチップを渡すことになる。

時間が早いせいか、シャンデリアの下に五、六組の客しかいなかった。三井田と浜名の席にも、大勢のホステスたちが集まって来た。素人（しろうと）っぽい感じはするが、特に目立つような美人はいなかった。ここに沙織がいれば、美貌（びぼう）、気品、女としての成熟度で群を抜くことになるだろう。

「あら、こちら見たことがあるわ」

千秋と名乗った三十年配のホステスが、浜名の膝（ひざ）を乱暴に揺すった。

「当たり前だ。あんたとは、会ったことがあるんだから……」

浜名は、軽く受け流した。

「あら、どこで会ったのかしら」

「あんた前によく、六本木のディスコへ来ていただろう」

「うん。〝ベリーメリー〟だったら、よく行ったけど……」

「ぼくは、その〝ベリーメリー〟の支配人だったんだもの」

「あら、嘘（うそ）……」

「ほんとだよ」

「そうかしら」

「そうさ」

「そう言われると、あのお店で専務さんって呼ばれていた人に、似ているような気もするけど……」

「ぼくは〝ベリーメリー〟の専務兼支配人だったんだ」

「そうなのお！」

「ただし、いまは違うぜ。二年前に、追い出されたんだ」

「なんだ、じゃあ、やっぱり嘘ってことじゃないの」

千秋というホステスは、今度は浜名の肩を揺すった。

「ぼくは、むかしのことを話しているんじゃないか」

浜名は大袈裟に、隣りのホステスのほうへ倒れかかった。

まさに、水を得た魚であった。さすが六本木のディスコの支配人だっただけのことはある。こうした店での軽妙な受け応え、もの怖じしない態度、ホステスに対する手慣れた扱いは、堂に入ったものだった。

「その話は、ほんとうよ。こちら、〝ベリーメリー〟のマスターだったのよ」

三井田の横にいたホステスが、真顔で口をはさんだ。

「そうなの」

千秋というホステスが、感心したようにうなずいた。

「あんたは、記憶力がいいね」

浜名は、三井田の横にいるホステスへ、手を差しのべた。

「でも、それだけじゃないわね」

そのマスミというホステスは、浜名が求めた握手に応じながら言った。

「それだけじゃないとは……」

「一度、このお店にも、いらしたことがあるでしょ」

「客としてではなくてか」

「ママと話し込んでいたけど、そのままお帰りになったわね。あれは、一年半ぐらい前だったかしら」

「あんた、ほんとに記憶力がいいよ」

「あとでママから聞いたんだけど、沙織さんのことで見えたんですってね」

「そうなんだ」

「沙織さんが消えちゃったんで、そのことで聞き込みに来たんでしょ」

「うん」

「でも、そういう聞き込みは、ママが相手じゃ駄目なのよ。わたしたちから、聞き出そうとしなくっちゃ……」

「そんなことは、百も承知しているさ。だけど、あんたたちにお近づきになるには、金がかかるじゃないか。あのときのぼくには、それだけの経済的余裕がなかった。だから、ママの話を聞いて、引き下がらなければならなかったんだ」

「そう。あのときは着ているものだって、いまみたいにバリッとしていなかったですもんね」

「ずいぶん、はっきり申してくれるじゃないか」

「お店の前で、わたしたちの帰りを待ち受けていて話を聞き出せば、お金なんてかからなかったのに……」

「それにしたって、食事にぐらいは誘わなければ……」

「あら、お食事するだけのお金もなかったの」

「あのとき、あんたたちに訊いたら、確かな情報を提供してくれたのかい」

「さあ、それは何とも言えないわ。何しろ沙織さんはここに、一カ月とちょっとしかいなかった人でしょ。沙織さんと親しくしていた女性だって、ひとりもいなかったんじゃないかしら」

「いまからとなると、なおさら難しいだろうか」

「何よ、今夜もまた沙織さんのことで、ここへいらしたの」

「実は、そうなんだよ」

「一年半もたっているのに、ずいぶん執念深いのねえ。しかも今度は、お二人さまで……」

マスミというホステスは、あきれたように三井田を見つめた。

「あんたの記憶力の素晴らしさを、頼りにすることはできないかな」

浜名は、ベソをかく顔になって見せた。

「何よ」

「沙織さんって、誰なのよ」

「どういうことなの」

ほかのホステスたちが、乗り出してマスミに質問した。

「沙織さんって、覚えてないかな」

マスミが、声をひそめて説明を始めた。

ホステスたちは、テーブルのうえに頭を寄せ合って、マスミの話を聞いている。

沙織はこの店で、本名をそのまま使っていたらしい。そのころの沙織は、ほんの腰掛けのつもりで、輪舞に勤めたのだろう。それで、軽い気持ちから、本名の沙織で通したのだ。

しかし、わずか一カ月余りで、沙織は生き方を変えた。沙織のように素地があって免疫性のない女こそ、最も誘惑に染まりやすいのである。

　短期間のうちに、女は別人になることができる。

　浜名は不安と期待に、しきりと水割りのコップを口へ運んでいる。彼もこの場でピエロになりながら、手がかりを得ようと努力しているのであった。

「あの沙織さんなら、熱心に口説いている人がいたわよ」

　肉体美がすぎるホステスが、そんなことならという顔つきで言った。

　年齢は二十七、八でも、古参という感じがするホステスだった。

「ほんと、ナオミちゃん」

　マスミをはじめ、ホステス全員の目が、肉体美のナオミに集まった。

「ほんとよ、もちろん相手はお客さまだけど……」

　疑われるのは心外とばかり、ナオミは声を甲高くしていた。

「お客さまって、誰なの」

　マスミが訊いた。

「杉崎さんよ」

「杉崎さんが、あの沙織さんを……」

「そう」

「知らなかったわ」

「杉崎さん、口説き方がうまいもの。口説く相手と二人切りにならない限りは、知らん顔をしてますからね」

「だったらどうして、杉崎さんが沙織さんを熱心に口説いているって、ナオミちゃんにわかったの」

「だって、例によってわたしは、ミソッカスだもの。わたしなら一緒のお席にいても、杉崎さんは平気で沙織さんのことを口説くのよ」

「それも、毎度のことだったの」

「だから、あのころの杉崎さん、ほとんど毎晩のように見えてたでしょ」

「そうね、精勤賞だなんて言ってたんですものね」

「とにかく、杉崎社長は一生懸命だったわよ」

「それで、沙織さんのほうは……」

「もちろん、オーケーだったんでしょ。前半は口説かれているだけだったけど、後半の沙織さんはお店が終わったあと、杉崎さんと二人だけで消えることが多かったもの」

「そうだったの」

「沙織さんがお店をやめるころはもう、杉崎社長とかなりベタベタした感じだったわよ。

沙織さんって、そういうことを隠しきれない人だったのね」

「全然、気がつかなかったわ」

「それに、沙織さんがやめたあと杉崎社長も、お店にまったく姿を見せなくなったでしょ」

「そう言われてみると、確かにそうだったわね」

「半年ぐらいは、完全にお見限りだったもの」

「そのあとは杉崎さん、またよくいらっしゃるようになったけど……」

「だから、お店をやめさせて愛人にしてから半年ぐらい、杉崎社長は沙織さんに夢中で、彼女のそばを離れることもできなかったんじゃないの」

詳しい事情を知らないだけに、ナオミは何気なしに喋(しゃべ)ることができるし、表現の仕方にも遠慮がなかった。

「うん」

マスミのほうは、いくらかでも気遣っているようだった。

マスミは浜名の顔へ、目を向けずにいた。

いまさら浜名も嫉妬(しっと)することはないだろうが、心境はさぞかし複雑であるのに違いない。

沙織が深夜の帰宅、朝帰り、外泊を始めたときの相手は、その杉崎という男だったと断定できるのである。そして、沙織は杉崎という男のものになるために、浜名の前から姿を消したのだ。

三井田はまるで、第三者であるかのように、冷ややかな分析を試みていた。

「どこかの社長だってことはわかるけど、その杉崎って男は何者なの」

浜名が、肉体美のナオミに訊いた。

「杉崎興産っていう会社の社長さんよ」

ほかのものは受け付けないのか、ナオミというホステスは、トマト・ジュースばかりを飲んでいた。

「中年かい」

「六十ぐらいかしら。でも、ギラギラしてる感じで、あっちのほうもまだ衰えていないみたい」

「アルコールも、強いんだろう」

「お酒は、ほどほどね。根っからの商売人だから……」

「商売人は、酒を飲まないのか」

「正体もなく、酔っぱらわないってことだわ」

「いつも何か、計算しているみたいな感じってやつだな」

「そうそう。杉崎社長はそういう意味で根っからの商売人、切れ者なのよ」

「何屋さんなんだ」

「貸しビル屋さんよ」

「ビルを、いくつも持っているのか」

「新橋、虎ノ門、赤坂にかけて、第一杉崎ビルから第八杉崎ビルまであるっていう話だわ」

「杉崎ビルっていうのは、聞くか見るかしたことがあるな」

「六本木にもあるもの」

「そうか。〝ベリーメリー〟の近くにあるあの貸しビルが、杉崎ビルだったんだ」

「それから、銀座にもあるわよ」

「なかなか、大したもんだ」

「神戸にも杉崎ビルはあるんだぞって、いつだったか社長が威張っていたことがあるわね」

「神戸って、関西のあの神戸かい」

「そうよ」

「杉崎社長っていうのは、いつもひとりでこの店へ来ていたんだね」

「だいたい、ひとりでくるみたい」

そう言いながら、ナオミは急いで立ち上がった。

ほかのホステスたちも、それに倣った。三人連れの客が、はいって来たのである。大事な客らしく、何人ものホステスがその席へ移っていった。

「杉崎興産の本社って、どこにあるんだろう」

ひとりだけ残ったマスミに、浜名が訊いた。

「杉崎さんがいらっしゃるところだったら、虎ノ門にある第三杉崎ビルの杉崎興産本社だわ」

浜名が杉崎に会いに行くつもりだと察したらしく、マスミはそのような答え方をした。

杉崎興産社長は、神戸にもビルを持っているという。浜名はそのことを、気にもかけていないようだった。

しかし、三井田にとっては、それこそ最大の関心事であった。誘拐殺人犯としての沙織は、関西の京阪神地区にいなければならない。

まして神戸は、誘拐地点であり殺害地点でもある六甲山から、至近距離にあるではないか。

杉崎、沙織、神戸には、それぞれ接点があるということになる。

5

その夜は、東京駅の、八重洲口にあるビジネス・ホテルに泊まった。

翌日、三井田と浜名は、虎ノ門へ直行した。

虎ノ門の交差点から、やや新橋寄りのところに、十五階建ての第三杉崎ビルがある。そのビルの三階から六階までの四フロアを、杉崎興産の本社が使っていた。

三井田と浜名は午前十時に、杉崎興産本社の受付の前に立った。

人形みたいに可愛い顔をした二人の受付嬢が、そろって微笑を浮かべながら淑やかに一礼した。

「おはようございます。いらっしゃいませ」

と、挨拶の言葉も、ぴったり重なっていた。

「社長さんに、お目にかかりたいんですが……」

浜名が二人の受付嬢を、見比べるようにした。

「お約束でございますか」

右側の受付嬢が、パッチリとした目をしばたたかせた。

「いいえ……」

「失礼ではございますが、前もってお約束をいただきませんと、社長はお目にかかれないことになっております」

「急用なんですよ。それも、プライベートなことでね」

「ご用向きはともかくといたしまして、社長からそのように申しつかっておりますので……」

「社長さんのプライベートなことについて、お話があるんです。受付で断わられたからって、われわれは帰ってしまってもかまいません。でも、そのためにあとになって大変なことになったら、あなたたちの責任になるんじゃないですか」

「そうおっしゃられたからって、どうすることもできないんです」

「だから、取り次ぐだけ取り次いでみて下さい」

「わかりました。では、お名前をどうぞ……」

「浜名です」

「ご用件は、社長のプライベートな問題についてで、よろしいんですね」

受付嬢は、電話機に手を伸ばした。

「沙織さんのことで、お話があると言って下さい」

浜名は、うなずいた。

「沙織さん……」

驚いた顔になって、受付嬢は送受器を握りしめた。

受付で社長に面会を求めるのに、女の名前を持ち出した客というのは、いまが初めてだったのだろう。

受付嬢は浜名に言われたとおりのことを、杉崎という社長に伝えたようだった。電話は、簡単に終わった。

「社長はお目にかかるそうですので、この奥に突き当たって右側の応接室へお通り下さい」

受付嬢は、左手の廊下を示した。

「ずいぶんあっさりと、会う気になりましたね。沙織さんという名前に、効果がありすぎたとは思いませんか」

廊下を歩きながら、浜名は首をひねった。

「沙織が現在、自分の愛人だったら、あわててわたしたちに会ったりはしないでしょうね」

三井田は言った。

「得体の知れない人間だって、われわれのことを警戒するはずですよ」

浜名は、不満そうな顔つきだった。

「杉崎という社長も、沙織に逃げられた口なんじゃないですか」

三井田は指先で、サングラスを押し上げた。

「そうだとしたら当然、沙織さんの名前に対して、敏感に反応を示すでしょうね。杉崎も沙織さんの消息を知りたがっているだろうから……」

浜名は、パチンと指を鳴らした。

廊下の突き当たりのドアに『会議室』、右側のドアに『社長専用応接室』と、それぞれ標識が掲げられていた。

三井田と浜名は、応接室の中へはいった。広い応接室で、贅沢な空間に調度品が小さく見えた。

三井田と浜名は、立ったままでいた。

杉崎社長は、なかなか姿を現わさない。こういう場合は照れもポーズもあって、意識的に客を待たせるものだった。

〝輪舞〟のホステスたちの話によると、沙織がやめてから半年間は、杉崎もまた店に姿を見せなかったという。ところが、半年がすぎてから杉崎はまた、輪舞の常連客に復帰したのである。

それを、杉崎が沙織のそばを離れられないほど、半年間は夢中になっていたためと見る向きもあるが、三井田にはそうは思えなかった。いくら女に夢中になろうと、男がバーにまで足を向けなくなるということはない。

杉崎が輪舞に出入りしなかったのは、一種の気まずさだったのだろう。沙織をやめさせたのだから、杉崎は輪舞のママに不義理をしたことになる。

そのうえ、沙織に逃げられたりしたら、不義理にメンツの問題が加わる。そうなっては杉崎も、輪舞に顔を出す気になれるはずがない。

気持ちの整理がつくのに、半年かかった。その半年がすぎてようやく、杉崎は以前のように輪舞へ素直に足を向けられるようになったのだ。

したがって、沙織は杉崎とも、長続きしなかったわけである。三、四カ月の関係で、終わったのに違いない。

社長室に通じていると思われるドアがあいて、巨漢ともいうべき大男が姿を現わした。六十歳に見えないことはないが、とにかくいい体格をしている。

頭に毛はほとんど残っていないが、みごとな光沢であった。やや猿みたいなご面相で、血色がいい。胸を張った姿勢なども、立派なものだった。

見るからに精力的で、商売人という感じである。女にうつつを抜かすような男ではなく、色と欲とを巧みに両立させるというタイプであった。

「杉崎だけど、あんた方は……」

会釈をするわけでもなく、横柄で態度が大きい杉崎だった。

「浜名です」

緊張した面持ちで、浜名はソファへ足を運んだ。

三井田は黙っていた。

「ああ、そう。それで、わたしのプライベートな問題とか、沙織の話とか、それはいったいどういうことなの」

自分だけアーム・チェアにすわって、杉崎は葉巻に火をつけた。

「沙織さん、いまどうしています」

浜名はよろけて、すとんとソファに腰を落とした。

「何だ、話が違うじゃないか」

杉崎は浜名を、ジロリと見やった。

「話が違うって、何がどう違うんですか」

浜名は、壁に寄りかかるようにして立ったままでいる三井田へ、目を走らせた。

「あんた、沙織からのメッセージを、届けに来たんじゃないのかね」

「別に……」

「受付からの連絡を、わたしはそう受け取ったぞ」

「それは社長が、沙織さんのことをいまでも、強く意識しているからでしょう。ぼくはただ受付で、沙織さんのことでお話したいって、言っただけですよ」

「わたしはまた、沙織が元の鞘に納まりたいからって。使いの者をよこしたのかと思った」

「沙織さんは、どこにいるんでしょうか」

「そんなこと、知るもんか。こっちが、聞きたいくらいだ」

「ですけど、社長は沙織さんに〝輪舞〟をやめさせて、愛人にしたんでしょう」

「あれは、とんでもない女だよ。食わせもんだ」

「しかし、彼女を口説いたのは社長だって、もっぱらの噂ですよ」

「わたしはただ女として、沙織を口説いたんじゃない。一軒の店を任せてもいい女、店の利益を上げるだけの力のある女として、沙織を口説いたんだ」

「つまり、社長は沙織さんを、バーのママに引き抜こうとしたんですか」

「まあ、そんなところだが……」

「社長は、バーも経営しているんですか」

「神戸の三宮にも、杉崎ビルというのがある。これは、わたしが建てたビルじゃない。何とか頼むと無理やりに買わされて、神戸杉崎ビルにしたんだ。そのビルの一階に〝ララ〟というクラブがあるが、それももちろんわたしの店だ。実は、その〝ララ〟にぴったりのママがいなくて、困っていた。ところが、〝輪舞〟で沙織を見たとき、これだ、この女だって思ったんだ」

「それで、沙織さんを口説いたんですね」

「沙織は、あっさり陥落した。わたしのものになることも、〝ララ〟のママになることも、その両方を承知したんだ」

「じゃあ、社長は沙織さんを、神戸へ連れていったんですか」

「当然じゃないか」

「沙織さんは、神戸へねえ」

「わたしは週に一度、神戸へ行くことになっている。だから、神戸での沙織との生活のために、３ＬＤＫの高級マンションも借りた。沙織の意見を容れて、〝ララ〟の店内改装もした」

「社長の神戸妻、そしてクラブのママも兼ねていたんですね」

「常に目が届かないところで水商売の店をやるときは、収支を誤魔化(ごまか)されないために、ママを愛人にするか、愛人をママにするかが常識なんだ」

「それで一応、社長の思惑(おもわく)どおりにはいってたんでしょう」

「ところが、あの女は三カ月もすると、本性を現わした。わたしは人妻で三井田という夫がいるとか、雇われママではやる気がしないとか、嫌みばかりを並べるようになった。そのあげくに……」

「どうしたんです」

「ドロンだ」

「姿を消したんですか」

「というより、逃げ出したんだろう。店を無断でやめて、ママの仕事も捨てて、マンションに〝好きな人ができました〟という置き手紙を残して……」

「ほかに、好きな男ができた……」

「まあ、警察沙汰(ざた)になるのを恐れたんだろうが、店の金を持ち逃げしたりしなかっただけだ」

「それは、いつごろのことだったんです」

「去年の六月三十日だったな」

「社長と沙織さんの関係は、四カ月しか続かなかったんですね」

わが身と比較したのか、浜名は苦笑を浮かべていた。

「何がおかしい」

杉崎の顔が、一瞬にして赤くなった。

どう受け取ったのかわからないが、杉崎は浜名が笑ったことに、よほど腹を立てたらしい。

「いや、われわれはただ、沙織さんの行方を知りたいだけなんです。そのために、こうしてお伺いしたんですよ」

浜名のほうが驚いて、恐縮した面持ちになっていた。

「冗談じゃない。勝手なことを、言わんでくれ。このわたしに面会を強要して、一方的に協力を求めるとはどういうことだ」

杉崎は体格にふさわしく、野太い声になっていた。

「社長、待って下さい」

これまでの冷やかすような態度を改めて、浜名は真剣になっていた。

「いったい、きみたちは何者なんだ。警察官でもないのに、わたしから何を訊き出そうとするんだね。沙織と、どういう関係なんだ。関係がないんなら、きみたちに用はない。いや、沙織のことなんてどうでもいい。とんだむかし話だし、もうすんだことだ。とにかく、きみたちには帰ってもらおう」

一気にまくし立ててから、杉崎は火の消えた葉巻を灰皿へ、叩(たた)きつけるように投げ込んだ。

圧倒されて浜名は、言葉を失っていた。

「その沙織の好きな男というのに、心当たりはありませんか」

低い声で、三井田が言った。

杉崎の前では、初めての発言だった。

「いいかげんにしろ」

杉崎は立ち上がって、三井田をにらみつけた。

「心当たりは、ないんですか」

三井田は、表情を変えなかった。

「きみはどんな権利があって、わたしにそんな質問ができるんだ！」

杉崎はついに、怒声を発した。

「権利は、あるんです」

三井田は、壁の前を離れた。

「何だと……！」

「社長さんには、答える義務があるんですよ」

「馬鹿なことを言うな！　きみはこのわたしに、因縁(いんねん)をつける気か！」

「いいえ……」

「きみの名刺を、もらおうか」

「名刺は、持っていません」

「だったら、ちゃんと名乗るのが礼儀だろう」

「三井田です」

「三井田……」

「ご存じですね」

「三井田って、あの……」

「わたしは人妻で三井田という夫がいるって、沙織が社長さんに言ったそうじゃないですか」

「きみは、ほんとうに……」

「これ、見ますか」

三井田は、運転免許証を差し出した。

「あんたが……」

免許証に顔を近づけたあと、目のやり場に困って、杉崎は茫然(ぼうぜん)とした顔でいた。

「社長さんは、わたしの女房とわかってからも、沙織と関係を続けたんですね」

免許証をポケットに戻しながら、三井田は杉崎の顔を見守った。

「ただの嫌みかと思ったし、本気にしなかった」

杉崎は尻餅(しりもち)をつくように、再びアーム・チェアにすわり込んだ。

「それで、言い訳になりますか」

三井田の左手が、握っては開くという動きを始めていた。

「しかし、事実そうなんだ」

杉崎の目が不安そうに、三井田の左手へ向けられていた。

「だったら、社長さんも三井田なんて名前、はっきり記憶しちゃいないでしょう。きっと沙織は何度も社長さんに、三井田という夫がいるって言ったんだと思いますよ」

三井田は冷ややかに、杉崎を見おろした。

「慰謝料かね」

「なるたけ世間に知れるように、そういう訴えを起こしてもいいですよ。そうでなければ……」

「そうでなければ、どうしろというんですか」

「協力して下さい」

「何をするんです」

「沙織を、捜し出すんです」

「わかりました。おっしゃるとおりにします」

人が変わったように、杉崎は悄然（しょうぜん）となっていた。

青菜（あおな）に塩、である。

血色のいい杉崎の顔が、いまは紙のように白くなっていた。

「同じ質問ですが、沙織が好きになった男というのに、心当たりはありますか」

三井田は、左手の開閉をやめていた。

「それが、全然ないんです。〝ララ〟のマスター、バーテン、ボーイ、ホステスの全員が、絶対に店の客ではないって言い張りますしね」

いつの間にか、杉崎の言葉遣いもすっかり改まっていた。

杉崎が沙織を神戸へ連れていったのは、去年の二月二十日だったという。

一週間はホテル住まいをして、その間にマンションを借り、家具をはじめ生活用具のいっさいを買いそろえた。

三月一日から〝ララ〟の店内改装にとりかかり、五日に新装開店となった。新しいママ沙織の御目見得でもあった。

気苦労もあることだろうし、土地不案内の沙織だけに大変だという思いやりから、三月十五日までは杉崎も神戸で過ごした。

その後は週に一度、東京・神戸間を往復して、西灘のマンションに二泊するというのが、決まったスケジュールとなった。

沙織が杉崎に対して、わたしは人妻だと嫌みを言ったり、雇われマダムでは意味がないと不満を述べたり、身体を求めすぎると文句をつけたりするようになったのは、五月下旬からであった。

六月にはいってからは、生理だとか、頭が痛いとか言って、沙織は杉崎とのセックスを避けるようになった。

杉崎が強引に求めると、沙織は抵抗してセックスを拒んだ。

そして、六月の末に沙織は、姿を消したのである。

沙織と男Xは、三月十五日以降に知り合い、五月の下旬にはすでに恋愛関係にあった。杉崎とのセックスを避けるようになった六月には、もうXと沙織は肉体的にも結ばれていたのである。

そのXとは、どこの何者なのか。

ララの客でないとすると、沙織が男と接する機会はほとんどない。男と知り合うチャンスすら、なかなかないのだ。まして、毎日のように会って交際を続けられる男となると、ちょっと考えられなかった。

沙織とXはどこで接点を得て、どのようにして接触を続けたのか。いずれにせよ、Xは神戸に住む男なのに違いない。そうだとすると、今回の誘拐殺人事件と絡めて、Xこそ本命と見なければならない。

「社長さんはいまでも週に一度、神戸へ行かれるんですか」

三井田が訊いた。

「ええ」

杉崎の顔に、ようやく赤みがさしていた。

「今週は……」

三井田は、杉崎の顔を見据えていた。

「明日の予定ですが……」

杉崎のほうが、目を伏せた。

「ご一緒させてもらいたいんですが、いけませんか」

表情のない顔で、三井田は言った。

「いいえ、かまいませんよ」

杉崎は、弱々しい声になっていた。

沙織が家出してから二年――。

そのうち、浜名とともに過ごしたのが五カ月たらず、杉崎の愛人だった期間が四カ月余であった。あとの一年と三カ月を、沙織はXの女でいたのに違いない。

いまも沙織は、Xと一緒にいる――。

三井田は、そう判断していた。

第三章

暗黒の血

1

翌日は、十月一日であった。

三井田と浜名、それに杉崎の三人は、東京発九時二十四分の新幹線に乗った。ひかり135号である。

杉崎が、三人分の乗車券を用意していた。グリーン車だった。せめて交通費ぐらいは、お詫び（わ）のしるしに持たせて欲しい、という杉崎の気持ちなのだろう。

そんな必要はないと、ケチなことにこだわると、かえって杉崎を萎縮（いしゅく）させてしまう。三井田はあえて、杉崎の好意を黙って受け入れておくことにした。

杉崎元弘――。

三井田は初めて、杉崎のフルネームを知った。

杉崎が新幹線の中で、名刺をよこしたのである。

三井田に、杉崎の弱みを握って脅迫したり、大金を強請(ゆす)ったりするといった魂胆はない。そうした悪意の男ではなく、ただ純粋な気持ちで沙織捜査のための協力を求めているだけなのだと、杉崎元弘にも、理解できたのだろう。そうでなければ、彼のほうから進んで名刺をよこしたりはしない。

杉崎元弘は、寡黙(かもく)な男になっていた。まるで、借りて来た猫である。それでいて、三井田に対しては何かと気遣うのであった。それが、海坊主のような大男の杉崎を、哀れな感じにさせていた。

杉崎元弘はいま、後悔の念で固まっているのに違いない。沙織という女に魅せられたことが、あらゆる意味での失敗の因(もと)となったのである。

三井田にとっても、沙織という女を妻にしていたことが、大きな驚きになっていた。沙織がこれほど、大胆で奔放な女だったとは、夢にも思わなかった。

もともとそういう女でありながら、魔性を発揮するキッカケが訪れなかったのか。あるいは、いったん転落の道をたどり始めると、もう歯止めが効かないという弱い性格なのか。

それとも女はすべて、男と生活環境によって、人格さえも極端に変わってしまうものなのか。

沙織は、裏切りと失踪の常習者になりきっていた。それはつまり、男から男へ渡り歩く女ということなのである。

短い期間に三井田から浜名へ、浜名から杉崎へ、杉崎からXへと沙織は乗り替えている。

その沙織の行動は、男とセックスと物欲と背信によって、織り上げられているのだった。

結婚したときの沙織が処女であったことに、いまの三井田は夢物語を感じないではいられない。

沙織というひとりの女の肉体を知る三人の男が、並ぶようにして同じグリーン車に乗っている。もしそうとわかったら、多くの人々が漫画を見るように、笑い出すに違いなかった。

「神戸についたら、まずどうすればいいんでしょうね」

杉崎元弘が、窓側の席にいる三井田に訊いた。

「マンションへ、案内して下さい」

三井田は、通路を隔てた隣りの席にいる浜名を見やった。

浜名は、口をあけて眠っていた。

「西灘のマンションですね」

杉崎は、うなずいた。

「そのマンションの部屋は、いまでも社長さんが借りたままになっているんでしょう」

三井田は、タバコをくわえた。

「家具もそっくり残っているし、それらを処分してマンションを引き払うというのも、面倒なもんでしてね。その後もずっと週に一度、マンションに泊まることにしているんです」

杉崎が、ライターの火を近づけて来た。

「いや、結構……」

三井田は、自分のマッチを擦った。

「しかし、いまになってあのマンションへ行ってみたところで、奥さんの消息が知れるような手がかりは、摑めないと思うんですがね」

杉崎は、ライターの火を消した。

彼は沙織のことを、奥さんという呼び方に変えていた。当然の気遣いかもしれないが、いやらしく受け取れることでもあった。

「奥さんは、やめてくれませんか」

三井田は言った。

「どうも……」

杉崎は恐縮して、上体を前後に動かした。

「社長さんはいつ、東京へ帰られるんです」

「明日にはもう、帰らなくちゃならないんです。東京で、大きな取引があるもんですから
……」

「でしたら、しばらくマンションの部屋を、使わせてもらえませんか」

「それはもう、結構ですよ。どうぞ、ご遠慮なくお使い下さい」

「ただ、寝泊まりするだけですが……」

三井田は、指先でマッチの軸を細かく折っていた。

「もしよろしかったら、今夜からでもどうぞ。わたしは、ホテルに泊まりますので……」

杉崎はハンカチで、額の汗をふき取った。

沙織との夜を過ごしたマンションの話を持ち出されて、杉崎元弘は冷や汗をかいたのに違いない。

十二時五十二分に、新神戸についた。

駅前から、タクシーに乗った。歩いてすぐというわけにはいかないが、タクシーを走ら

せるには、あっけないほどの距離であった。タクシーが走っているると思ったとたんに、もう西灘地区だった。

タクシーを降りてから、急な坂をのぼった。

赤煉瓦(れんが)を模した化粧タイルの建物が、頭上にそびえていた。五階建てだろうか。午後の明るい日射しを浴びて、マンション全体が赤っぽいハレーションを起こしているように見えた。

階段型の建物の造りになっていて、どの部屋にも南へ突き出したバルコニーがある。広いバルコニーには、花壇もあるようだった。五階建てで、部屋数は十ぐらいしかない。いかにも神戸の山の手らしく、瀟洒(しょうしゃ)でアカ抜けのしたマンションであった。杉崎が高級マンションだと、言い放っただけのことはある。

アーチ型の門をくぐってから、更に急な階段をのぼることになる。『メゾン・オブライエン』とあったが、マンションの所有者は外国人なのかもしれない。

杉崎が借りている部屋は、三階のA号室だった。

「どうぞ、おはいり下さい」

ドアをあけてから杉崎は、まぶしそうな目で三井田を振り返った。

室内は広かった。

四つの部屋が、それぞれ大きいからである。

十五畳のリビング・キッチン、十畳の寝室、それにあとの二部屋がともに六畳であった。全室が洋間で、浴室もトイレも洋式になっている。

寝室には、二つのベッドが並べてあった。家具調度品も、この部屋にふさわしいものが取りそろえてある。

三井田と浜名は、バルコニーへ出てみた。

「ほう!」

浜名が、若者みたいな歓声を発した。

素晴らしい眺望であった。神戸の市街地を眼下に見おろし、神戸港から大阪湾の海まで一望にできる。

雄大で、美しい景観であった。日常あまり接することのない眺めに、ここは日本だろうかと疑いたくなる。

「ご機嫌なところですね」

風に乱れる髪の毛を気にしながら、浜名はバルコニーに立ちつくしていた。

「贅沢すぎる」

三井田は、あたりを見回した。

このバルコニーの花壇には、枯れた草花しか残っていなかった。金属製の三点セットとデッキ・チェアに錆(さび)が見られて、主のいない住まいの寂しさを感じさせる。

「杉崎社長も沙織さんの歓心を買うために、かなり気張ってこのマンションをスタンバイしたんでしょう」

室内を見やって、浜名が言った。

杉崎はリビングで、電話をかけていた。

「今夜から、わたしはこの部屋に寝泊まりする」

三井田は、デッキ・チェアのうえに、身体を横たえた。

「ほんとですか」

浜名が目をまるくした。

三井田は、吸い込まれそうな青い空を見上げた。

いま、神戸にいる。

浜名、杉崎とたどったら、神戸に来てしまったのだ。

沙織の男たちをたどった結果、東北地方あるいは北海道に来たというのであれば、まだ救いはあっただろう。

沙織は女子大生誘拐殺人事件に無関係かもしれない、という希望を持つこともできたのであった。

女子大生誘拐殺人事件が発生したのも、犯人が居住していると思われる場所も、京阪神地区なのである。

ところが、沙織の男たちをたどることによって導かれた先は、京阪神地区のうちに含まれる神戸市だったのだ。

これを予想どおり、思ったとおりとしなければならないのだろうか。

一年と三カ月前から、沙織は完全に行方をくらましている。沙織は、Xと一緒なのだ。沙織とXは、神戸で知り合った。Xは、神戸の人間なのである。

Xと沙織は、神戸にいる。

約一カ月前の九月五日にも、Xと沙織は神戸にいたはずだった。その九月五日の夜、神戸市灘区六甲山町北六甲の山荘にいた女子大生が、誘拐されたうえに殺されたのであった。

いま、三井田は神戸にいる。

そのことは絶望を意味するのだと、三井田は神戸の空に語りかけていた。

「ぼくも一緒に、ここに泊めてもらっていいんでしょうね」

浜名が言った。

「どうぞ……」

三井田は、目を閉じた。

「ですけど、ここに寝泊まりするのは、何か目的があってのことなんですか」

颪にちぎれたように、浜名の声が聞こえた。

「ここにいれば何かあるかもしれない。ただ、それだけのことですよ」

浜名が近づいて来たらしく、顔のうえに影が射すのを、三井田は感じていた。

「何かあるかもしれないって……」

「まだ沙織がこの部屋に住んでいると思っている人間がいたとしたら、訪ねてくる、電話をかけてくるってことも、ないとは言いきれない」

「それを、待ち受けるんですか」

「ええ」

「三井田さん、せっかくですけど、それは無理な話ですよ」

「わかってます」

「沙織さんがここから消えたのは、去年の六月なんですよ。一年と三カ月前からいない人間が、まだこのマンションに住んでいるなんて、誰も思わないでしょう」

「ほかに、何かいい方法がありますか」

「いや、それは……」

「可能性がなかろうと、いまは沙織の匂いが残っているものに、しがみつくほかはないんです」

「溺れる者のワラですか」

「あとはもうひとつ、明日から沙織の写真を見せて、神戸中を尋ね歩くことしかありませんよ」

三井田は、起き上がった。

「それだったら、ぼくにもお手伝いはできますけどね」

吐息まじりに、浜名は言った。

そこで、二人は口を噤んだ。

ガラス戸があいて、杉崎が顔をのぞかせたからであった。

「わたしはこれから、神戸杉崎ビルに顔を出しに参ります。これを、お預けしておきますんで……」

杉崎元弘は、部屋の鍵を差し出した。

「どうも……」

三井田が、鍵を受け取った。

「それから今夜、〝ララ〟へご案内します。参考になるような話を、聞けるかもしれませんのでね」

杉崎は、頭を下げた。

「恐れ入りますが、社長さん。神戸市内での沙織の行動範囲といいますか、彼女がよく出入りしていた商店や会社なんかを、残らず知りたいんですがね」

三井田は言った。

「承知しました。すぐに調べて、一覧表を作っておきます」

作った笑顔を引っ込めて、杉崎はガラス戸をしめた。

その大きな後ろ姿が、玄関口のほうへ遠ざかるのを、三井田と浜名は見送った。

夜になって、七時のテレビのニュースを見たが、京都の女子大生誘拐殺人事件に関する報道のためには、ほんの一部の時間が割かれたにすぎなかった。

捜査に進展がないということもあるのだろうが、いかなる大事件もあっという間に忘れられてしまうのが、現代の風潮なるものだった。

情報過多が、かえって人間を無関心にさせる。

大事件も現代人にとっては、単なるファッションにすぎない。流行には熱しやすく、冷めやすい日本人でもあった。

日々、ニュース性とともに、世間の関心も薄れていく。いつまでも苦悩が続くのは、事件の関係者だけなのだ。

テレビのニュースでは、藤宮陽子の解剖結果を報じた。

死亡推定時刻は、九月五日の午後四時ごろに友人たちと一緒に藤宮陽子も食べたホット・ドッグの胃の中の消化残留状態から、同日の午後七時から九時までのあいだということだった。

死因は絞殺による窒息死ではなく、頭蓋陥没(ずがいかんぼつ)に至らしめた打撲が致命傷となり、更にその瞬間におけるショック死、すなわち心臓麻痺(まひ)も併せて、直接の死因と推定される。

これだけのニュースであった。

九月五日の午後四時に、藤宮陽子は三人の友人とともにホット・ドッグを食べた。

午後五時に、三人の友人は車に乗って山荘をあとにした。

午後六時三十分に、藤宮善次郎が山荘に到着したが、そのときにはすでに藤宮陽子の姿はなかった。

したがって、藤宮陽子が犯人によって山荘から拉致(らち)されたのは、午後五時から六時半までの一時間三十分のあいだということになる。

藤宮陽子は、山荘から三百五十メートル離れた雑木林の中で、殺されたのであった。時間は七時から九時までのあいだで、そのとき藤宮善次郎は山荘内にいて、いらいらしながら娘の帰りを待っていたのである。

藤宮陽子は山荘を連れ出されてから数時間、三百五十メートル離れた雑木林の中で、身体の自由を奪われ声も出せない状態のまま、殺されるときを待っていたのだ。

犯人は鈍器を用いて藤宮陽子の頭に、頭蓋を陥没させるほどの一撃を加えた。その瞬間に藤宮陽子は、ショックによる心臓麻痺で死亡していた可能性もある。

いま殺されるということを、視覚が察知した場合は、ショック死のほうが早いかもしれない。

いずれにせよ犯人は、念のために死亡したあとの藤宮陽子の首を、スカーフで絞めたのであった。

「馬鹿に、熱心なんですね」

浜名が言った。

三井田がテレビの前を離れずに、画面を食い入るように見つめていたからだった。

三井田は黙って、テレビを消した。

「いまの事件に、そんなに興味があるんですか」

冷蔵庫から持ち出して来た缶ジュースを、浜名はリビングのテーブルのうえに置いた。

「あんたは……」

三井田は表情を動かさずに、浜名を見やった。

「特に、関心はありませんね」

屈託のない顔で、浜名はジュースの缶に口をつけた。

「だったら、いいでしょう」

三井田は、背広の上着を肩に担いだ。

「だったらいいでしょうって言い方には、何か意味があるみたいですね」

三井田を見上げて、浜名は笑った。

「質問しますがね」

三井田は、浜名に背を向けた。

「何でしょう」

浜名は、テーブルに腰かけた。

「女子大生誘拐事件の犯人の声を、あんた聞きましたか」

「テープに録音された電話の声でしょう」

「ええ」

「聞きましたよ」

「女の犯人の声も……」

「聞きました」

「それで……？」

「何も、感じなかったんですか。誰かに似ているとか、聞いたことがある声だとか……」

「三井田さん、まさか……」

「いまごろになって、わたしはなぜ沙織を捜し出そうとしているのか」

向き直って三井田は、浜名の目に冷たい視線を突き刺した。

「え……！」

立ち上がると同時に、浜名の顔から徐々に笑いが消えていった。

二人の男は、彫像のように動かなかった。

二人の男は、無言であった。

二人の男は、互いに凝視し合っているだけだった。

2

六時に、迎えのハイヤーが来た。

三井田と浜名は、そのハイヤーに乗って三宮（さんのみや）へ向かった。

神戸杉崎ビルは、七階建てであった。面積は広いビルだが、いかにも建物が古かった。夜は誤魔化（ごまか）せても、昼間の価値はぐんと下がるようなビルである。

近いうちに、改装を余儀なくされるだろう。

無理に売りつけられたと公言しているが、杉崎はこのビルを叩（たた）けるだけ叩いた値段で、買い取ったに違いない。

全階が飲食店で、どの店も盛（さか）っているようだった。ビルの持ち主としても、決して悪い商売ではないだろう。

一階が、クラブ〝ララ〟であった。

一見（いちげん）の客は、入れないクラブである。

大きい店ではないが、雰囲気がよかった。やかましい音楽も歌もなく、どこからともなく耳ざわりにならない程度のボリュームで、ムード・ミュージックが流れてくるだけであった。

静かで、落ち着ける。

それに、照明が凝っていた。これもまた、どこからともなく明かりが射している。海底にいるようでありながら、ものははっきりと見えるのだった。

酔っぱらいが大声を出したり、やたらとホステスの身体に触ったりするような店ではなく、一種の社交場として利用されるクラブである。

婦人同伴の客もいる。

席の数の割りには、ホステスが大勢いる。

客はすべて、紳士然としていた。

あらゆる意味で、余裕のある店というのが、キャッチフレーズなのだろう。

「なるほどねえ」

かつての専門家という顔つきで、浜名はしきりと店内を見回していた。

奥の席に案内されてすぐに、杉崎元弘が姿を現わした。杉崎は、マスターらしい男を伴っていた。

「こちらも、沙織ママを捜していらっしゃるんだ。わかっていることはすべてお聞かせして、協力して差し上げてくれ」

三井田と浜名に引き合わせたあと、杉崎はマスターにそう言った。

「承知いたしました」

三十をすぎたばかりというマスターだが、分別もあって実直そうな男であった。

「沙織さんの相手の男性は、絶対にこの店のお客ではないって、従業員のみなさんが断言したそうですね」

浜名がさっそく、質問を始めた。

「はい。全員が、そう信じております。わたくしも、同意見です」

マスターは床に片膝を突いて、席に腰をおろしている者よりも姿勢を低くした。

マスターが立ったまま話し込んでいては、目立つということへの配慮なのだ。

「なぜですか」

興味深げに、浜名はマスターの答えを待った。

「それは……」

マスターは頭の中で、口にすべきことをまとめているようだった。

「断言できるのは、それだけの根拠があってのことでしょう」

「はい」

「その根拠というものを、是非とも聞きたいですね」

「当店のお客さまは、常連の方が大部分ということになっています。固定客と申しましょうか、いわばお得意さまばかりなんでございます」

「一見の客は、断わるんでしょう」

「はい。それに客筋がよろしいわけで、ご職業などもはっきりされております。紳士の方ばかりですし、このまま会員制にしてしまっても、差し支えがないくらいなんでございます」

「その点は、よくわかりました」

「それから当店は営業を始めてから、満六年になります。そのために、古くからのお客さまが、ほとんどでございます。当然、ホステスたちにとっては、おなじみさんということになります」

「ええ」

「ところが、沙織ママが当店におりました期間は、たった四カ月たらずでした。その間に、沙織ママのお客さま、ママだけのおなじみさんが、できるはずはありません。事実、そういうお客さまは、ひとりもいらっしゃいませんでした」

「そういうことは、マスターがいちばんよく承知している」

「はい」

「したがって、ママよりもホステスたちのほうが、はるかに客のことについては詳しいし、親しくもあるというんでしょう」

「はい。もっと具体的に申し上げれば、ママとお客さまが二人きりになるということは、まったくなかったんでございます」

「客のほうから、ママに電話をかけてくる。あるいは、ママが客の会社に電話する。そうでなければ昼間、神戸市内のどこかでばったり会ったりする。そういうことから、親しくなるって場合もあるでしょう」

「では、そういうことで、親しくなったものといたしましょう。そのお客さまは、沙織ママの身も心も奪って、いわば駆け落ちしたことになります」

「駆け落ちね」

浜名は、ニヤッとした。

若いマスターが、身も心も奪ってとか、駆け落ちとか、古風な表現を用いたのがおかしかったのだろう。

「そうなった場合、そのお客さまと当店の関係はどうなるでしょう」

マスターは、真剣だった。

「どうなるって、この店には来られなくなるでしょうね」

「実は、そこなんです。古くからのお客さまがほとんどで、顔触れは変わりません。それに、ホステスにとっても、おなじみさんばかりです。もし、あるお客さまの足が突然、遠のいたりすれば、それに誰も気づかないということは、絶対にございません」

「うん」

「そのことが、必ずホステスのあいだで話題になります。話題になれば、いちばん可愛がっていただいていたホステスが、そのお客さまのところへ連絡を入れます」

「まあ、そうでしょうね」

「その結果、お見えにならない理由として入院中とか、ご旅行とか、転居、転勤されたとかが、わかるのでございます。ところが、沙織ママが消えるのと前後して、お越しにならなくなったお客さまというのは、ひとりとしていらっしゃらないんです」

「うん」

「また、沙織ママとお客さまとのあいだに、こういう色っぽいことがあったというような噂も、まったくホステスは耳にしておりません」

「火のないところに何とやらで、客のほうも色っぽい情報には敏感だからね」

「東京と違って、神戸はせまいところです。いつどこで、知ってる相手にぶつかるかわかりません。それでもし、沙織ママがどなたかと一緒にいるところを見られたら、たちまち噂になって当店のホステスの耳にも、はいることになりましょう」

「しかし、そういった噂も情報も、まるでなかった」

「はい」

「だから、沙織さんの相手の男が、この店の客だということは、絶対に考えられない」

「はい」

「その後、沙織さんを神戸市内で見かけたなんて話も……」

「全然ございません」

「するとマスターは、どう思います。姿を消してからの沙織さんが、神戸市内に住んでいるかどうかについてですけどね」

「わたくしは、姿を消したあと、神戸を離れたんじゃないかと思っております」

「神戸に住んでいたら、いつかは必ず誰かと顔を合わせることになるからですか」

「はい。特に盛り場へ出てくれば、当店の従業員なりお客さまなりと、出会う率が高くなります。そうかといって、それを恐れていたんでは神戸の中心街にもデパートにも、出かけてくることができません」

「息をひそめて、家の中に閉じこもっていなければならなくなる」

「そこまで世間をせまくして、ひっそりと生きていくことには、沙織ママの性格として耐えきれないと思います」

「それならいっそのこと、神戸を離れてしまったほうがいい」

「はい」

「そうなると相手の男も、神戸の人間じゃないってことになりますね」

「少なくとも、神戸という土地に深く生活の根をおろしている男ではないでしょう。もちろん妻帯者ではなく、職業も身軽に動けるというものでなければ……」

ボーイが来て、マスターに耳打ちをしたのだった。

マスターは、立ち上がった。

「どうも、ご苦労さまでした」

もうマスターから訊き出すことはないと判断してか、浜名は解放を意味する言葉を投げかけた。

「どうも、失礼いたしました」

マスターは丁寧に頭を下げてから、足早に去っていった。

どうやら、ママに呼ばれたらしい。さっきからママ、ママと声がかかっている女と、マスターは何やら言葉を交わしている。沙織の後釜らしいそのママは、騒々しいほど華やかな感じの三十女だった。

沙織とは、正反対のタイプである。この店の雰囲気には、しっくりしないママであった。

三井田たちにママを紹介しないのは、杉崎も気に入っていないからなのだろう。そのママに沙織の姿をダブらせることは、とてもできなかった。

「どうも、お役に立ちませんで……」

杉崎が、光沢のみごとな頭を撫で回した。

「雲をつかむような話ですね」

浜名が、三井田に言った。

「沙織がその男と、どこで知り合ったか。その接点が、肝心なんでね」

三井田は苦そうに、水割りを呷った。

「わたしが知る限りのことに、この店の女の子たちの情報や意見を加えたものですが……」

杉崎が三井田の前に、一枚のレターペーパーを置いた。

それには商店の屋号と所在地が、びっしりと書き込まれていた。沙織がこの店のママだった四カ月間に、定期的に訪れるか、毎日のように出入りするかしていた場所の記録ということになる。

「お手数をかけました」

三井田は、レターペーパーを二つ折りにして、ポケットに入れた。

この夜は、遅くまでララで飲んだ。午前二時すぎに、三井田と浜名は酔っぱらった杉崎を、ホテルへ送り届けた。

「いろいろと、申し訳ございませんでした。わたしは明日、東京へ帰ります。マンションの部屋は、どうぞご自由にお使い下さい。何かありましたら、遠慮なく東京の本社に連絡をくれませんか。また、お会いしましょう。幸福を祈る！」

と、大声で喚き立ててから杉崎元弘は、暗くなっているホテルのロビーへ、泳ぐようにはいっていった。

「悪い男じゃありませんね」

走り出したタクシーの中で、浜名がしんみりとした口調で言った。

「銀座では酔ったことがないという男が、今夜は神戸でベロベロに酔っぱらった」

三井田は、目をつぶった。

「商売人は正体を失うほど酔わないもんだと、〝輪舞〟の女の子が言っていたけど……」

浜名もまた、妙に寂しそうであった。

メゾン・オブライエンにつくまで、三井田は友彦と結城母娘のことを考えていた。

三階のA号室にはいると、あとは眠るだけであった。

寝室にある二つのベッドのうち、沙織が使っていたのはどっちかなどと、二人の男は考えもしなかった。

三井田も浜名も上着を脱いだだけで、それぞれ手近なベッドへ倒れ込んだ。二人はすぐ、深い眠りに引き込まれた。

ベッド・カバーもはずさないで、毛布もかけずに、電気もつけっ放しであった。

翌日から三井田は、精力的な行動を開始した。浜名には、汚れてもかまわないワイシャツを貸してやった。

杉崎がよこした資料を頼りに、歩き回るのである。ほとんどが、三宮周辺にある商店であった。

デパートも含まれていたが、これはどうしようもないので除外することにした。訪れた先で、訊くことは三つだけだった。

「この一年間に、沙織ママを見かけたり、彼女の噂を耳にしたりしたことはありませんか」

「この一年間に、沙織ママがここへ来たことはありませんか」

「去年の四月から六月にかけて、沙織ママが男性と一緒のところを、見たことはありませんか」

まずは、元町周辺から始めた。

美容室。

ブティック。

婦人服専門店。

靴店。

趣味の着物の店。

喫茶店その一。

中国レストラン。

この中国レストランで、三井田と浜名は昼食をすませた。

収穫らしきものは、まったくなかった。刑事と決め込むのか、どの店でも協力的ではあった。

だが、三つの質問に対する答えは、いずれもノーということである。

午後からは、三宮周辺に移った。

花屋。

スーパーマーケット。

洋菓子店。

果物店。

薬局。

鮨屋。

お茶漬け屋。

喫茶店その二。

クリーニング店。

貴金属店。

舶来化粧品専門店。

、と、すべて徒労に終わり、疲れだけが残った。

これによると沙織は、マンションの付近では日常的な買物も、まったくしなかったようである。

ララに出勤することで、いっさいの用事をすませていたらしい。たとえば食料品を買うにしても、三宮のスーパーマーケットを利用している。花屋、薬局、クリーニング店などにしてもそうである。

神戸における沙織の生活範囲は、眠るところだけが灘区のマンションであって、あとは中央区の三宮と元町に集中していた。

三井田と浜名は、中央区内の三つの会社も回っていた。それらの会社の重役、部長といったところへ、沙織が集金に出向いていたというからだった。

しかし、そこでも『知らん』のひと言で、追い返された。

最後に、花隈町の料亭を訪れたが、結果はやはり同じくであった。

残るは、沙織が住んでいたマンションの周辺ということになる。ララが休みのときは、マンションの近くを散歩したかもしれない。

また、Xも沙織のマンションに、出入りしていたものと思われる。二人だけの時間を過ごすには、ホテルなどを利用するよりも、沙織の住まいのほうがずっと安全である。杉崎が東京にいるあいだは、マンションの部屋にXが居続けることもできるのだ。

そうだとすれば、マンションの近くの住民で、沙織と一緒のXを見たという人間もいるのではないだろうか。

その代わり、住宅を一軒ずつ訪問して、訊いて回るというわけにはいかなかった。刑事の聞き込み捜査ではないのだから、そうする権利もないし、先方も相手にはしてくれない。道を歩いていて、路上で立ち話をしている主婦、遊んでいる子ども、通行人などを見かけたら、沙織の写真を示して尋ねるという消極的な方法しかなかった。

人を捜す場合は、何よりも写真が必要である。

そう思って三井田は、キャビネ判の沙織の写真を用意して来た。三年前に撮った写真だが、そう変わっているはずはない。

翌朝、その写真を持ってマンションを出た。

灘区の上野通を四、五、六、七、八丁目と歩き、青谷町を三、二丁目と回る。赤坂通を八、七、六、五、四丁目と東へ向かい、再び上野通の三丁目に出た。

路上に見かける人間というのは、意外に少なかった。

それに、沙織の写真を見せても、じっくり眺めるという人はいなかった。誰も言い合わせたように、一瞥（いちべつ）しただけで首を横に振るのである。

北に転じて国玉通、薬師通、五毛通と、いずれも一丁目から四丁目までを回り尽くした。

暑かった。

汗をふきながら、てくてく歩き続ける。浜名は、顎（あご）を出していた。

「これは、とても無理ですよ」

泣き出しそうな顔で、浜名が弱音を吐いた。

知らん顔で、三井田は足を運ぶ。

「いくら歩き回ったところで、無駄骨ってことになるんじゃないですか」

浜名の息が、乱れていた。

「犬も歩けばです」

三井田は遅れがちの浜名のほうを、振り向こうともしなかった。

「砂浜に落ちた一粒の米を捜し出すよりも、不可能なことだと思うな」

浜名は言った。

「協力してくれって、頼んだつもりはないけどね」

三井田はサングラスをはずして、荒っぽくハンカチで顔の汗をふき取った。

あとはただ路上の人影を求めて、三井田は黙々と歩き続ける。

「わかってますよ」

浜名は走り出して、三井田を追い抜いた。

3

翌日、そしてその翌日と、三井田は灘区の西の部分を歩き回った。

自然にその範囲が広まり、東は篠原(しのはら)本町、篠原中町、北は箕岡(みのおか)通、城の下通、南は王子町、中原通までを歩き尽くした。

三井田が声をかけて沙織の写真を見せた相手は、老若男女合わせて七百人ほどであった。

そして、成果はゼロだった。写真の女に見覚えがあると言ってくれる人間さえ、ひとりもいなかったのである。

四日間、足を棒にして歩き、汗をかいて、いい運動になったというだけに終わったのだ。

何かに憑かれたように、ただ執念だけで行動したあと、待っていたのは放心状態のうちに生じた諦めであった。

あまりにも、無計画すぎたようである。全国の一億数千万人の日本人ひとりひとりに、訊いて回るような原始的手段は、やはり通用しないのだ。

その夜、遅くまで起きていて、三井田はそんなふうに反省した。

十一時をすぎるのを待って、都下調布市の結城家へ電話を入れた。淳子はとっくに、帰って来ているはずだった。だが、それだけではなく、十一時をすぎればユキエも寝てしまうということを、三井田は知っていたのである。

疲れているときは、ユキエのように心配性の相手と話すのが、かえって煩わしい。それで、三井田は淳子だけが起きている時間を、選んだのであった。

「もしもし……」

警戒するような、あるいは期待とも受け取れる淳子の声が、電話に出た。

「三井田です」

三井田はソファに横になって、電話機を腹のうえに置いた。

「しばらく……」

淳子の声が、笑っていた。

「しばらくって、もうそんなになりますかね」

　三井田は、脚を組んだ。

「お出かけになって、今日で九日目になるのよ」

　咎めているような口調で、淳子の声は明るかった。

「九日目ですか」

　あと一時間たらずで、十月六日になるのだと、三井田は思った。

　先月の二十七日に家を出たのだから、なるほどそういう計算になる。

「いま、どこにいらっしゃるの」

「神戸です」

「神戸……」

「沙織のあとをたどっていったら、自然に神戸へ来てしまったんです」

「まあ……」

「新潟に一泊、群馬の薮塚というところに一泊、都心のビジネス・ホテルに二泊、そして神戸には今夜が五泊目になるっていうところです」

「やっぱり、道は関西へ向かっているんですか」

「いまは、そんなことはどうでもいいんです。それより、友彦のことを聞かせてくれませんか」

「とても、元気だわ。それに、いい知らせがあるの」

「何ですか」

「友彦ちゃんが、わたしに口をきいてくれたのよ」

「ほう」

「信じられないでしょう」

「ええ」

「でも、事実なの」

「それは、いつのことなんです」

「昨夜よ」

「友彦はあなたに、どういう口をきいたんですか」

「わたしは毎晩、友彦ちゃんが寝つくまで、お宅にいるんです。いったん寝ついてしまえば、もう朝までぐっすりでしょう。それに、ひとりで寝るのを怖がったりする友彦ちゃんじゃないから、手はまったくかからないんですけどね」

「彼はひとりでいるほうが、安心できるんだから……」

「でも、こんなに何日もひとりだけで寝るっていうのは、今度が初めてでしょう。そのことが友彦ちゃんに、変化をもたらしたのではないかって、わたしは思っているんです。やっぱり何か気にしているらしくて、人恋しそうにしているときがあるんですもの。そうしたら昨夜、わたしに初めて口をきいてくれたわ」

何かに感激したときのように、淳子は嬉しそうな声で言った。

「どんなことを……」

三井田は、上体を起こしていた。

「おばちゃん、ぼくが寝るまでここにいてねって……」

ふと淳子は、涙声になっていた。

「彼が、そう言ったんですか」

電話機を持って、三井田は立ち上がった。

「だから、わたし友彦ちゃんが寝つくまでは、いつもここにいるわよって言ったら、目をつぶって安心したようにうなずいたの。わたしとっても嬉しくって、友彦ちゃんの寝顔にキスしちゃったわ」

「口をきいたのは、昨夜だけだったんですか」

「いいえ、今夜もさっき寝る前に、お話しました。友彦ちゃん、お父さんどうして帰ってこないのかなって……」

「あなたに向かって、そう言ったんですね」

「もちろん……」

「それで……」

「三井田さんがおっしゃったとおりに、わたし言いました。お父さんは、悪い人をつかまえにいっているのよ。そうしたら友彦ちゃんは真剣な顔で、お父さんそんなに強いのかなって。そして、そのあとすぐ安心したように、眠ったわ」

「そうですか」

「どうかしら、信じられますか」

鼻声はそのままだが、淳子は明るい調子を取り戻していた。

「まだ、半信半疑というところです」

三井田は、正直な感想を述べた。

「信じてあげて下さい、友彦ちゃんのために……」

「どうして急に、そんな変わり方をしたのか、その原因がわからないんですよ」

「だから、言ったでしょ。こんなに何日もお父さんが帰ってこないで、完全にひとりぼっちにされたという初めての経験が、友彦ちゃんに変化をもたらしたんだって。そうに間違いないって、わたしは思います」

「だと、いいんですけど……」

「でも、どうしよう」

「何がです」

「こうなるともうわたし、友彦ちゃんが可愛くて可愛くて、どうしようもなくなっちゃうんじゃないかしら」

「せっかく、過保護から自立へと目覚めかけているんだから、その友彦を逆戻りさせないで下さいよ」

「わかってます」

「今夜は、これで……」

「はい」

「じゃあ……」

「ああ、あのね……また、お電話して下さいね」

「します」

「お、や、す、み、な、さ、い」

甘えと茶目っ気を織りまぜてというか、淳子はささやくような声を送って来た。

電話によるやりとりの中で、淳子自身の三井田に対する感情をこめた唯一の言葉だったのかもしれない。

「おやすみ」

三井田は、電話を切った。

電話機を元の位置に戻して、改めてクッションの利いた椅子に腰を沈める。だが、何となく三井田は、落ち着けなかった。

あの友彦が自分から、淳子に話しかけるようになった――。

信じられないが、事実なのである。淳子が、そんな作り話をするはずはない。友彦が、人恋しいとか人懐かしいとかいう感情を、取り戻したのだ。

もう母親は二度と再び帰ってこないと、沙織のテープの声をラジオで聞いて、友彦なりの結論を出したのに違いない。二年後になって友彦は初めて、母親との絶縁を意識し、母親の復活を諦め、そして割り切ったのだろう。

残るは父親ひとりだけだが、その父親もなぜか家に帰らない。友彦は、ほかに頼る人を求めなければならないという生きるための知恵に、目覚めたのではないか。

淳子に頼りながら父親の帰りを待つというのが、友彦の当たり前な人間としての知恵であり情緒なのだ。

情緒障害の第一の壁が、崩れたのかもしれない。

そうだとしたら、これほど喜ばしいことはない。

ホッとする嬉しさに、笑いがこみ上げてくる。それが苦笑となって、三井田の顔に現われた。

たとえ苦笑であろうと、何日ぶりの笑いだろうか。

だが、淳子の話だけを聞いて、果たして笑っていていいものなのだろうか。そんなふうに思うから、三井田は落ち着けなくなるのだった。

そわそわと立ち上がって、三井田はタバコをくわえた。

浴室のドアを、開閉する音が聞こえた。浜名が、リビングへはいって来た。腰にバス・タオルを巻き、首にもタオルをかけてという浜名の格好である。

「いま、風呂の中で、ずっと考えていたことなんですがね」

いきなり、浜名がそう言った。

三井田はマッチを擦って、タバコに火をつけた。

「何も灘区中を聞いて回らなくたって、もっと確かで手っ取り早い方法があったんですよ」

色白の顔を、浜名は紅潮させていた。

湯上がりのせいばかりではなく、浜名は自分の思いつきに熱くなっているのだ。

三井田は煙の中から、浜名の顔を見守った。

「このマンションの住人や管理人に、探りを入れてみれば、何かわかるんじゃないですか。この部屋に男が出入りしていることに、真っ先に気づいて、しかも正確に見定めているのは、同じマンションの住人か管理人ですよ」

浜名は演説をぶつように、身ぶり手ぶりを入れていた。

その浜名にしてみれば、素晴らしい着想だったのだろうが、三井田にはそれらしい反応がなかった。

「そうは、思いませんか」

やや気勢をそがれたように、浜名は緩慢な動作でソファにすわった。

「むしろ、逆でしょう」

三井田は、指先でマッチの軸を折った。

「逆って……」

浮かない顔で、浜名は訊いた。

「密かにこの部屋に出入りする男なら、マンションの住人や管理人の目につかないようにすることを、第一に心がける」

三井田は、歩き出した。

「はあ……」

浜名は、顎を持ち上げるような、うなずき方をした。

「それに、こういうマンションに住む人たちは、互いに無関心でいるのが特徴であって、それがまた長所ともされているでしょう。だから、よほど興味を持った相手でない限り、住人同士は顔を合わせまいとする」

ゆっくりと歩いて、三井田はテーブルや椅子のまわりを一周した。

「管理人は、どうですかね」

浜名はまだ、自分の思いつきに未練があるようだった。

「問題を起こさないんだったら、マンションの住人の自由を、優先するでしょうよ。監視するみたいな態度や、のぞき趣味は、住人からの苦情の因になるからね」

細かく折ったマッチの軸を、三井田は灰皿へ投げ込んだ。

「そういうもんですかね」

浜名は、肩を落としていた。

せっかくの提案を、まったく認められなかったことで、浜名はいささか不貞腐れたようだった。

二人とも、黙り込んだ。

浜名は首筋の凝りをほぐすように、目を閉じて頭をぐるぐる回していた。

三井田は、歩き続けていた。

その三井田が、不意に立ち止まった。一瞬、みずからの身体の均衡(きんこう)が保てなくなって、三井田は前のめりになっていた。

ホーム・バーのカウンターのうえに、彼は片手を突く格好になった。タバコの灰が、落ちて転がった。

その物音に、浜名が目をあけた。浜名は怪訝(けげん)そうに、三井田の姿を見やった。

体勢を立て直したが、三井田の表情は険しかった。

「どうかしたんですか」

浜名が、声をかけた。

「あんたのおかげで、いいことを思いついた」

そう答えながら、三井田の顔はますます厳しくなっていた。

「どんなことです」

「沙織はその男と、どこでどうして知り合ったか。そのことが、何よりも問題だった」

「だけどですね、その接点というのをこの四日間、捜し続けたのに、まったく見つからなかったんじゃないですか」

「あんたのおかげで、いまその接点が見つかった」

「それ、どういうことなんです」

「接点は、このマンションにあった。沙織はその男と、このマンションで知り合った」

「じゃあ、その男もこのマンションに、住んでいたってことですか」

「そう、その男もこのマンションの住人だった。隣人同士、それも男と女。互いに、ひとりのときが多かった。顔を合わせる、興味を持つ、親しくなる。沙織が、男の部屋を訪れる。誰の目にもつかない、二人は自由に振る舞える」

「隣人同士ですか」

「三階には、A号室とB号室しかない。どうして、こんなに簡単な接点に、気がつかなかったんだろう」

「隣りのB号室に、住んでいた男……」

浜名が、腰を浮かせた。

「こんな時間に、管理事務所へ押しかけるわけにはいかないな」

三井田は、時計に目を落とした。

三井田としては珍しく、興奮していたのである。彼自身、このようにポンポンと矢継ぎ早に言葉を吐き出したのは、生まれて初めてという気がしていた。

ベッドにはいっても、なかなか寝つかれなかった。一刻も早く、隣室に住んでいた男のことを確かめたいという焦りを、抑えきれないのであった。

明け方になって眠りに落ちたのに、午前八時にはもう目を覚ましていた。

九時になるのを待って、三井田と浜名は一階にある管理事務所を訪れた。少年のような顔をした老人が、このマンションの管理人だった。

「はあはあ」

と、相手の話に応ずるのが、この管理人の癖のようであった。

調子がいいというよりも、物事を深く考えない性質なのである。

「三階A号室の杉崎の代理の者なんですが……」

浜名が、相手に警戒心を起こさせない笑顔と口調で、話を切り出した。

こういう交渉は、浜名こそ適任者であった。すべてを浜名に任せて、三井田は管理人の返答にだけ全神経を集めていた。

「はあはあ、三階の杉崎社長さんね」

管理人は、三井田や浜名のほうを、ロクに見ようともしなかった。

「その杉崎社長が妙なことを知りたがって、是非とも管理人さんにお尋ねしておいてくれって、頼まれたんですよ」

「はあはあ」

「三階のB号室に、住んでいらっしゃる人なんですが……」

「はあはあ、ロドリゲスさんね」

「外人ですか」

「貿易関係の仕事を、なさってますわ」

「そのロドリゲスさんが、三階のB号室に入居したのは、いつのことなんです」

「はあはあ、ロドリゲスさんの入居は昨年の九月でしたか」

「その前に、三階B号室に住んでいたのは……」

「はあはあ、真中(まなか)さん」

「マナカさんって、日本人ですか」

「真ん中と書いて、真中さん。はあはあ、真中雅也(まさや)さんという方ですね。ミヤビにナリで、雅也です」

「真中雅也という人は、去年のいつごろ、ここを引き払ったんです」

「あのお方は、ここに長くいらっしゃいましてね。このマンションが完成してすぐの入居ですから、四年ですか。それで昨年の六月三十日に、引っ越されましたよ」

「引っ越し先、わかりますか」

「いいえ、そこまではわかりません。ただ引っ越し屋さんが、京都から来たって言ってましたな」

「京都……」

「はあはあ、何せ変わったお方だから、ようわかりません」

「どんなふうに、変わっているんですか」

「お金持ちなんでしょうが、職も持たずにぶらぶらしていて、朝からお酒を飲んでいましてな。滅多に外へは出ませんし、女を引っ張り込むわけでなし……」

「ひとりで、住んでいたんですね」

「はあはあ、独身です。ですが、外国の俳優さんみたいに、ええ男前でしてな」

「年は、いくつぐらいなんです」

「三十二、三と違いますか」

「真中さんと親しかった人を、誰か知りませんかね」

「いま話したように、いっさい付き合いのないお人でしたからね。ただね、阪急三宮駅前、北長狭(きたながさ)通の戸浦商事の社長さんでしたら、真中さんのことで何か知っているかもしれません」

「戸浦商事ですね」

「はあはあ、真中さんがここに入居するとき、仲介にはいった不動産屋さんです」

そこで管理人は、鳴り出した電話機に手を伸ばした。

「どうも、ありがとうございました」

管理人に挨拶(あいさつ)して、三井田を振り返った浜名の顔が、硬(こわ)ばっていた。

4

その足でメゾン・オブライエンを出て、三井田と浜名は阪急三宮駅前へ向かうことにした。

歩いているときも、タクシーに乗ってからも、三井田と浜名は沈黙を保っていた。それぞれ考えることが多かったし、緊張もしていたのである。

口をきくのが恐ろしいほど、読みが的中したということにもなる。

名前は、真中雅也。

年齢が三十二、三歳で、外国の映画スターのような美男子。

金持ちらしく、定職もなく四年間も高級マンションに住んでいた。

朝から酒を飲んでいて、外出することは滅多にない。ひとり部屋に引きこもっているだけで、友人や恋人が訪れることもない。独身であった。

その真中雅也が突如、去年の六月三十日になって、メゾン・オブライエンを出た。同じ日に沙織も、ララの仕事を捨て、『好きな人ができました』と書き残し、メゾン・オブライエンから姿を消している。

同じマンションの三階に、二つしかない部屋であり、一方のA号室に沙織が、もう一方のB号室には真中雅也が住んでいた。

去年の六月三十日に二人が、同時にいなくなったことを、偶然の一致と見るほうがどうかしている。

真中雅也こそ、Xなのである。

京都の引っ越しセンターのトラックが、メゾン・オブライエンへ真中雅也の荷物を、搬出しに来ていたという。

移転先は、京都であった。

去年の七月以降、沙織は神戸に住んでいなかったのだ。ララの従業員の判断が、正しかったわけである。

沙織は、京都に住んでいた。

もちろん、真中雅也との同棲生活なのだろう。

阪急三宮駅前の北長狭通となると、一丁目しか該当しなかった。三井田と浜名は、北長狭通一丁目を見て回った。

間もなく、『戸浦商事』という看板が目についた。

文字どおり駅前に位置していたが、あまりにも建物が小さくて貧弱なので、つい見逃してしまったのである。

戸浦商事というと、ちゃんとした会社のように聞こえるが、どこにも見かける不動産屋のひとつだったのだ。そこの主人が社長であって、社員の姿は見当たらなかった。

服装だけは社長らしくきちんとしていて、鼻の下の髭も立派なものであった。退屈していたのか話し好きなのか、戸浦社長は商売にもならない三井田と浜名を、快く事務所へ迎え入れた。

「真中さんのことですか」

四十前後の戸浦社長が、眺めていた書類を封筒に戻して、メガネをはずした。

「できれば、詳しく知りたいんですけど……」

白いカバーつきのソファにすわって、浜名が揉み手をしながら言った。

質問者としてここでもまた、浜名の独壇場であった。

「詳しくと言われても、わたしだって真中さんと親戚付き合いをしているわけじゃなし

「……」

　戸浦は腕を組んで、もったいぶった顔つきでいた。

「ですけど、社長を除いてはほかに、真中さんについて詳しい人はいないと、言われて来たんです」

　こうした場合の口のききようと呼吸に、浜名は独特なものを持っていた。

「まあ、そういうことになるでしょうけどな」

　戸浦は口もとが綻ぶのを、隠しきれなかった。

　社長と呼ばれたうえに、あなただけが特別の人という言い方をされたことが、嬉しかったのに違いない。

「社長がご存じのことだけでも、結構ですから……」

「そうですな。だったら、そっちで質問してください。知っていることでしたら、答えましょう」

「では、さっそくですが、真中さんの正確な年は、いくつなんでしょう」

「確か、三十三と違いますか」

「美男子なんだそうですね」

「それはもう、大変な男前ですわ。真中さんにじっと見つめられたら、女の子はポーッと赤い顔になります」

「それでいて独身、恋人もいないというのは、どうしてなんでしょう」

「それはな、真中さんが女嫌いで通して来たからなんですよ」

「ほう」

「ただし、ただしですよ。病的に女が嫌いだったり、不能者だったりじゃないんです。ほんまのことを、言いますとな。真中さん、死んだ恋人のことが、忘れられなかったんです」

「死んだ恋人……」

「同時に、その亡くなった恋人に操を立てておったんですよ」

「その恋人というのは、いつ亡くなったんです」

「五年前ですわ。年上の女性で、しかも人妻だったそうです。ところが、その人妻が不貞の悩みと、真中さんへの愛の苦しみに耐えきれず、自殺を遂げましてな」

「自殺ですか」

「そのことを知って、真中さんも死のうとしましてな。カミソリで、手首の静脈を切ったんです。ですが、すぐに発見されて、病院へ運ばれたんだそうです。つまり、真中さんだけが、自殺に失敗したということになりますな」

「あと追い自殺に、失敗したんですね」

「それまでは当たり前な人間だったのが、そのときのショックで別人みたいに一変してしまったと、真中さんがこのわたしに打ち明けてくれました」

「じゃあ、朝から酒を飲んでいるというのは……」

「五年前のそのとき以来、アルコールなしでは居ても立ってもいられないと、ずっと飲み続けのようですな。いまでは、もう完全にアル中や」

「なるほどね」

「アル中で廃人になるか、肝硬変で死ぬかのどちらかだって、真中さんはいつも言ってましたよ」

「それで人間嫌い、女嫌い、ただアルコールだけという生活を、五年間も続けて来たんですか」

「そうらしいですな」

「しかし、それにしても真中さんというのは、大変なお金持ちなんですね。あんな高級マンションに、去年までの四年間も住んでいて、働くでもなく酒びたりでいられるんですから……」

「別に、大金持ちってことも、ないんでしょうがね」

戸浦は仁丹（じんたん）を、口の中へほうり込んだ。

「だって、遊んで食べていける身分なんでしょう」

浜名は演技ではなく、どうもよくわからないというように、首をかしげていた。

「要するに、売り食いっていうやつなんですな」

戸浦は急に、声をひそめて言った。

戸浦の話だと、真中雅也と知り合ったのは、五年前の秋だったという。

ふらりとこの戸浦商事に、すごみのある美男子がはいって来た。それが、真中雅也だったのである。

隠居同然の生活を送りたいので、静かな環境であまり人の出入りのない高級マンションを借りたいと、真中雅也は注文をつけた。まだ三十前の男が隠居とは妙なことを言うし、高級マンションに住めるのかと、戸浦も怪しんだのだった。

しかし、真中雅也はかなりの現金を持っているようなので、戸浦は完成したばかりのメゾン・オブライエンを紹介した。それが縁となって、真中雅也と戸浦の付き合いが始まるのである。

友人といえるほど、親しい仲ではなかったが、真中雅也は戸浦に限ってマンションへの訪問を許したのだ。それに気が向くと、真中雅也は身の上話の一部を、戸浦に聞かせたのであった。

愛する人妻の死、真中の自殺未遂などがそうだった。

それまでの真中雅也は、京都府の補助団体に勤務する平凡なサラリーマンであったという。その真中が、人間と人生を一変させたのである。

勤務先も退職したし、京都にも住んでいたくなかった。隠棲(いんせい)して愛する女の思い出だけに生きようという気持ちから、真中雅也はそのための場所を神戸に求めたのだ。

では、どうして働く必要もなく酒びたりでいられて、なお高級マンションでの隠棲生活が可能だったのか。

その真中の経済力の裏付けは、彼が所有する土地という財産にあったのである。

真中雅也は、京都市伏見(ふしみ)区石田の内里町に土地を持っていた。宇治市の北端と接するあたりで、団地の多い一帯であった。

これまでに真中雅也はその土地を、三回に分けて売っている。土地を売った金でこの五年間、真中雅也は無為徒食(むいとしょく)の生活を維持して来た。

つまり、売り食いであった。

だが、派手に遊んで、浪費を重ねたというのではない。眠っているあいだを除いては酒を飲んでいるが、メゾン・オブライエンにおける真中の暮らしぶりは、まさに隠遁(いんとん)生活だった。

真中雅也がそうした生活に終止符を打ったのは、去年の五月であった。彼はメゾン・オブライエンの隣室に住む女と知り合い、恋に陥ったのである。

その女は、かつて真中が愛した人妻と、イメージがぴったり重なった。真中は最初その女を見たとき、自殺した人妻が十二、三も若返ってこの世に蘇り、目の前に出現したと思ったくらいだったという。

「わたしは、その女性というのに、会ったことはないですよ。ですが、真中さんはもう、大変な惚れ込みようでしてな。真中さんだって、ちょっとやそっとお目にかかれんような男前だから、その女性のほうも真中さんに夢中になったらしいです。そういう二人が深い仲になったから、互いになおさら狂ってしまったんですわ」

戸浦はそう説明しながら、だらしのない笑顔になっていた。

「それで二人とも、西灘のマンションを出るということになったんですね」

浜名のほうは、いっそう緊張した面持ちになっていた。

「どういう事情か知りませんけど、真中さんがここに見えて、神戸にはおれなくなったから急いで京都にマンションを捜してくれって、わたしに頼み込みましてな」

「京都ですか」

「わたしはすぐに京都の同業者に連絡して、三日のうちにマンションをお世話しました。そうしたら、その翌日の六月三十日に、ぱあっと引っ越していきましたよ」

「その京都のマンションというのは、どのあたりにあるんです」

「あれは確か、〝シャトー天竜〟だったっけな」

「天竜とはまた、勇ましい名前のマンションですね」

「それで、わたしも一年以上前の記憶が、あるんですわ。とにかく、右京区の嵯峨野のあたりです。山陰本線の嵯峨か、京福線の鹿王院かで下車するようにって、真中さんに教えた覚えがあります」

「いまもなお真中さんは、土地を売った金で、優雅なマンション生活を送っているというわけですか」

「さあ、どうでしょうなあ。もうそろそろ、貯金も底をついているのと違いますか。土地といっても、何億に売れたってもんじゃありませんからな。三回に分けて売ったんですが、その三回目のときはわたしが商売させてもらいましたけど、二千万円の取引でした。真中さんはもう残らず、土地を売り払ったわけだけど、税金なんかを差し引いて真中さんの手にはいった金は、総計で四千万ぐらいですよ」

「四千万円ね」

「その四千万で真中さんは、五年間も居食いして来たんですからな」

「一年に五百万円使っても、五年で二千五百万円だから、まだまだ余裕はあるでしょう」

「ですけどな、無職でアル中と来ているんだから、一千万ぐらいの貯金があったって、先のことを考えたら心細いですわ」

戸浦という男は、大袈裟に顔をしかめて見せた。

「それはまあ、そうですけど……」

浜名は、三井田に視線を転じた。

ほかにまだ、質問すべきことはあるだろうかと、浜名の目が訊いていた。

「最後に残った土地を売るときは、社長さんが口をきいてやったとおっしゃったですけど、だったらその土地の所在地をよくご存じのはずですね」

三井田は膝のうえに置いた左手を、握りしめたり広げたりしていた。

「京都市伏見区石田の内里町だけでなくて、地番まで知りたいってことですか」

戸浦は、棚に押し込んである分厚い帳簿のようなもののうちから、何冊かを引っ張り出した。

「恐れ入ります」

サングラスの奥で、三井田は鋭い目つきになりながら、手帳を抜き取った。

どうも、真中雅也が所有していた土地というのが、三井田は気になったのである。

五年前の真中雅也は、まだ二十八歳だった。

二十八歳の男がどうして、自由に売却できるような土地を持っていたのか。もし、それが父親の遺産であれば、相続税を支払うために、もっと早い時期に処分しなければならなかったのではないか。

あるいは、ほかの方法で相続税を支払うことができたのだとすれば、その土地にもう少し愛着か執着があるはずであった。

真中雅也は、勤務先を退職する必要はなかった。サラリーマンであって、財産として土地も持っていれば、より堅実な生活と一生を送れたのである。

それなのに真中雅也はさっさと勤めをやめて、京都という住み慣れた土地も捨て、そのために惜しげもなく唯一の財産である土地を売り払ったのだ。

愛する女が死に、みずからも自殺に失敗したからといって、そこまで異常な生き方をする気になれるだろうか。

そこに換金できる土地があったから、真中雅也は職を捨てて京都を離れ、神戸に移り住んで酒びたりの日々を送るようになったと、三井田には思えてならなかった。

そうなると、その土地と真中雅也のつながりが、すべてを物語ることになるのではないだろうか。

その夜——。

三井田と浜名はメゾン・オブライエンの三階A号室のバルコニーへ出て、神戸の市街地と港の夜景を眺めた。

エキゾチックな夜景として知られているだけに、鮮明で繊細な夜景であった。近視の人がメガネをかけたように、何度見ても飽きることがなかった。

市街地の無数の明かりは、光に映える金粉と銀粉のようだった。原色のネオンやメカニックな照明は、ケーキのうえの果物とゼリーである。

そして、神戸港の華麗な夜景には、別離と郷愁の味わいがあった。華やかであっても、港の灯には寂しい輝きと感傷の瞬きが感じられた。

「この夜景とも、今夜でお別れですね」

化粧タイルの囲いのうえに両手と顎を置き、夜景を見やりながら浜名は少年のように感傷的になっていた。

「明日は、あんたともお別れだ」

三井田は、表情を変えなかった。

「明日、時間ギリギリまで、京都に残りますよ」

「無理は、しないほうがいい」

「いや、最終の新幹線に乗れば、大丈夫なんです。東京まで帰れば、あとは藪塚まで車を飛ばすだけですからね」

「明後日には間違いなく、藪塚にいるっていうわけですね」

「九日間の休暇の期限には、いやでも間に合っちゃいますよ」

「結構なことだ」

「でも、明日のうちに、決着がつくでしょうかね」

「決着とは……」

「つまり……」

「わかりませんね」

「沙織さんに会ったら、三井田さんはどうするんですか」

「やることは、決めてありますよ」

「でも、女の犯人の声なんですけど、本気でそう思っているんですか」

「わたしが、思う思わないの問題じゃない。事実が、決めることです」

「被害者は、京都に住んでいた。殺されたところは、神戸の六甲山だった。犯人は京都と神戸に、姿を現わしている。沙織さんは神戸にいて、いまは京都に住んでいる。それに、犯人は男と女の共犯だ。沙織さんは、真中雅也と内縁関係にある。こういうのが、事実ってわけなんでしょう」

「まあね」

「だったら、これも事実ですよ。真中雅也には、最低一千万円ぐらいの貯金があるっていうことです」

「だから……」

「先のことはともかく、現在手もとに一千万円以上の貯金がある人間が、身代金欲しさに誘拐殺人事件なんて引き起こしますか」

「いまはまだ、何とも言えないな」

「ぼくは、絶対に信じませんね。信じたくもないですよ。あのテープの声を聞いたとき、ぼくもおやっと思ったですけどね。でも、いくら何だって、あの沙織さんが……。三井田さんは、沙織さんを憎んでいる。それで、沙織さんを誘拐殺人事件の犯人に、してしまいたいんじゃないですか」

浜名は夜景から、目を離さなかった。

三井田は、返事をしなかった。彼もまた夜景に、視線を投げかけたままでいる。浜名のほうへは、目もくれなかった。

夜風が、吹きつける。

静寂の中で、夜景は燦然と輝き続けている。

しばらくたってから、三井田が低い声を洩らした。

「沙織には、離婚届に署名捺印を求めるだけだ」

三井田は、そうつぶやいたのであった。

それを聞いて初めて浜名が、三井田のほうへ顔を向けた。

5

翌十月七日——。

三階A号室の鍵を管理事務所に預けて、三井田と浜名はメゾン・オブライエンを出た。

六泊したマンションだし、心ゆくまで夜景を眺めることができるバルコニーは忘れられない。ただ単に出て行くというのではなく、手を振って別れを惜しみたくなるマンションだった。

新神戸発九時三十九分の新幹線に乗った。京都が近づくにつれて、胸のうちが冷たくなった。

高校時代から何度となく、訪れている京都である。見慣れた景観が多すぎるせいか、これが京都だと意識することもない。東京の次に、そこにあって当然という感じの土地なのだ。

だが、いまは京都が、見知らぬ国にように思えてくる。日本の古都ではなく、敵地にある奇怪な町に、踏み込むような気がする。言葉も通じないし、歓迎されることのない土地柄への不安みたいなものを、感じるのであった。

京都には、十時十五分についた。

京都駅から、京都地方法務局へ電話をかけた。伏見区の土地の登記簿を閲覧するには、どこへ行けばいいかを問い合わせるためだった。

返事は、京都地方法務局伏見出張所ということで、所在地まで詳しく教えてくれた。三井田と浜名は、タクシーで伏見区の深草へ向かった。

伏見稲荷（ふしみいなり）をすぎると、間もなく深草であった。

京都地方法務局の伏見出張所は、京阪本線の深草駅と藤森駅の中間あたりに位置していた。

龍谷（りゅうこく）大学の南の西浦町四丁目にある伏見出張所の前で、二人はタクシーを降りた。真中雅也が売却した土地の所在地と地番は、戸浦商事の社長から聞いてメモしてあった。

三井田と浜名は二人がかりで、該当の登記簿を閲覧した。

現在の三人の所有者は、もちろん真中雅也から土地を買った人たちである。確かにその土地は真中雅也から、買った三人へ所有権が移転していた。

所有権移転の原因は、売買によるものとなっている。

間違いなく売る前は、真中雅也がその土地の所有者だったのだ。しかし、そんなことは、どうでもよかった。肝心なのは真中雅也がそれ以前に、誰からいかなる原因によって、土地の所有権を移転されたかなのである。

「これは、どういうことなんですか」

ささやくような声で、浜名が言った。

浜名はにらみつけるような目で、三井田を見上げていた。いまにも、血走って来そうな目つきであった。

三井田も、茫然(ぼうぜん)となっていた。

その土地は前所有者から五年前の十一月一日に、真中雅也へ所有権が移転されている。五年前というのは、愛し合っていた人妻が不倫の恋を清算するために自殺し、真中もあとを追って死のうとしたが果たせず、という事件があった年である。

その事件の直後に、伏見区にある土地の所有権が真中雅也に移転したものと、判断していいだろう。

しかも、所有権移転の原因は、『贈与』となっているのだった。

贈与とは、タダでくれるということであり、真中雅也はこの土地をプレゼントされているのだ。

いや、そんなことは、問題ではなかった。浜名が驚きの目を見はり、三井田が茫然となったのは、真中雅也に土地を贈与した人間の名前だったのである。

藤宮善次郎——。

と、明記されていたのであった。

その名前を、三井田が忘れるはずはなかった。

浜名さえ、その名前を、見た瞬間に思い当たったほど、鮮明に記憶していた。

女子大生誘拐殺人事件の被害者、藤宮陽子の実父こそ、藤宮善次郎という名前だったではないか。

同名異人ではなかった。

藤宮善次郎の住所として、新聞にあった被害者宅のものと、登記簿に記されているものが一致しているのだった。

藤宮善次郎は二十年前に、この土地を買っている。

二十年前には、まだ安く買えた土地なのに違いない。それが三、四十倍にも値上がりして、高価な土地になったのだ。せっかく価値ある財産となったものを、藤宮善次郎は真中雅也なる人物に、プレゼントしたのであった。

そのうえ、五年前の十一月一日に贈与された土地の三分の一を、真中雅也はわずか十日後に売却しているのである。

土地の三分の一を売って、手にはいった現金をポケットに真中雅也は神戸の戸浦商事を訪れ、高級マンションを借りたいと仲介を依頼したのに違いない。

三井田と浜名は、法務局の伏見出張所を出た。

深草駅のほうへ、二人は黙って歩いた。

「これはいったい、どうなっているんですかね」

毒気にあてられたような顔で、浜名が言った。

三井田は、首を振った。

浜名は多少、ムキになっていた。

「だって、おかしいじゃないですか」

三井田は、うなずいた。

「三井田さんは、女子大生誘拐事件の犯人は、真中さんと沙織さんだと思っているんでしよう。九十九パーセント、そうに違いないって……」

浜名は、路上に落ちていたタバコの箱を、蹴飛ばした。

「百パーセントだ」

三井田は、左手の開閉を始めていた。

「でも、その犯人と被害者は、知り合いっていうことになるんですよ」

「どうやら、そうらしい」

「見も知らない相手に、土地を贈与したりはしませんからね」

「もちろん、藤宮善次郎と真中は、親しい間柄なんだろう」

「それでもまだ、真中が犯人だってことになるんですか」

「親しい人間の娘を誘拐して、身代金を要求することだってある。だから、そんなことは問題じゃない」

「何が、問題なんです」

「なぜ藤宮善次郎氏は、真中に高価な土地を贈与したかということだ」

「まあ、金の代わりでしょうね。真中から藤宮氏に、まとまった金が欲しいという申し入れがあった。しかし、藤宮氏は現金を用意するということでは、その要求に応じられなかった。そこで、代わりに土地の所有権を贈与というかたちで移転するから、それを売って換金しろと……」

「その場合、贈与税も藤宮氏が負担して、土地はそっくり真中のものになるという方法を講じないと、意味がない」

「当然、そういうことでしょうね」

「では、なぜ藤宮氏はオンブにダッコという虫のいい真中の要求に、応じなければならなかったのか……」

「それはやっぱり藤宮氏に、それなりの弱みがあったからなんじゃないですか」

「弱み……」

「どんな弱みかって訊かれたら、それはもう答えようがありませんけどね」

「弱みを握っているほうの真中が、どうして神戸へ退散したんだろう」

「退散ってことになりますか」

「住み慣れた京都を離れて、神戸で暮らさなければならなかった。それはやっぱり退散か、追っぱらわれたかってことになる」

「神戸が好きだったんじゃないのかな、真中雅也は……」

「部屋に引きこもって酒びたりになっているだけなら、京都だろうと神戸だろうと変わらない」

「じゃあ、三井田さんは、どう解釈するんですか」

「逆だと思う」

「逆とは……」

「真中が藤宮氏に要求したんじゃなくて、藤宮氏から真中に話を持ちかけた。この土地を贈与する、売れば四千万円にはなるだろう。その代わり今後は京都を離れて、ほかの土地で生活してくれって……」

「つまり、藤宮氏が金をくれてやって、真中を京都から追っぱらったということなんですね」

「多分……」

「藤宮氏はどうして、真中雅也が邪魔だったんですか」

「そこまではっきりわからないけど、ひとつだけ引っかかることがある。藤宮氏の奥さんが、三階のバルコニーから落ちるという過失死を遂げたのも、いまから五年前のことなんだ」

「そういう記事を、ぼくも読んだっけな」

「五年前に自殺した真中雅也の愛する人っていうのは、年上の人妻だった」

「真中と恋愛関係にあった人妻が、藤宮氏の奥さん……！」

「美津子という藤宮氏の奥さんは、自宅で事故死したことになっている。しかし、藤宮美津子は自宅で、自殺したというのが真相なんじゃないか」

「自殺を事故死として、取り繕った。取り繕ったというより、自殺を事故死にしてしまったんですね」

「藤宮氏が、そうしたんだろう。銀行関係者は何よりも、そういうスキャンダルを恐れる。ましてや藤宮氏は当時、東西銀行の副頭取になったばかりだった」

「銀行の副頭取の妻が、不倫の恋を清算するために、自宅で自殺を遂げたとなれば、悪い意味での話題になりますね。マスコミも世間も、あれこれと穿鑿するでしょう」

「そうなることを恐れて、藤宮氏は美津子夫人の自殺を事故死にしてしまった。ところが、その藤宮氏の秘密と工作が通用しない相手が、ひとりだけいた。愛する人から、自殺をほのめかされていた真中雅也だ」

「真中はあと追い自殺を図ったり、それに失敗したあとは酒びたりになったりで、騒ぎを大きくするばかりの人間だ。大スキャンダルにさせないためには、真中を遠ざけることしかない」

「真中自身も、隠棲したいという心境になっていた」

「そこで藤宮氏は、生活資金に慰謝料の意味も含めて、真中に土地を贈与した。真中もそれで納得して、京都から神戸へ移り住んだ。藤宮氏にしてみれば、真中追放に成功したってことになる」

「うん」

「話の辻褄は、合いますね」

浜名は、目を輝かせた。

「そういった五年前の出来事が、今度の誘拐事件の下地になっているんじゃないか」

表情のない顔で、三井田は言った。

深草駅前の書店で、三井田は一冊の週刊誌を買った。その週刊誌の表紙に、『京都女子大生誘拐殺人事件大特集』とあったからだった。

深草駅から、京阪本線の電車に乗った。十一分で、京阪三条に着いてしまう。その間に三井田は、週刊誌の特集記事に、大急ぎで目を通した。

ほんの少しだが、藤宮美津子に関する記事が載っていた。

それによると、藤宮美津子が自宅で事故死したのは、五年前の九月六日午前七時ごろとなっている。

それから約二カ月後の十一月一日付で、藤宮善次郎の土地が贈与を原因に、真中雅也へ所有権移転と、登記簿に記載されているのである。

二カ月間のあいだに藤宮善次郎と真中雅也の話し合いがまとまり、一種の取引が成立したものと思われる。

藤宮美津子は自宅の三階のバルコニーで、非常用避難縄ばしごのテストをしていて、過って地上に墜落し、死亡したことになっている。

だが、朝の七時という時間に、避難用の縄ばしごのテストをしたりするだろうか。

また、今度の事件で藤宮陽子が誘拐殺害されたのは、九月五日のことだった。母親の美津子が死亡したのは、五年前の九月六日である。

五年間の開きはあっても、母親の命日が一日違いというのは、何かの因縁というべきか。あるいは、その符合にも、より具体的な意味があるのだろうか。

五年前の死亡当時の藤宮美津子の年齢は、三十八歳となっていた。夫の藤宮善次郎より、十一ほど若いわけである。そのときの真中雅也は、二十八歳だったという計算になる。藤宮美津子は夫よりも、年下とはいえ真中雅也のほうに、一歳だけ年齢が接近していたのだ。

藤宮美津子はイメージが重なるほど、沙織によく似ていたらしいから、華やかな感じの美人だったのに違いない。

四つや五つは、若く見えたかもしれなかった。藤宮美津子は三十三、四で通用する美人、真中雅也は二十八歳の美男であった。その二人が不倫の柵（さく）を乗り越えて、熱烈な恋に陥ったとしても、不思議ではないのである。

しかし、当然のことだろうが、週刊誌の特集記事の中に、真中雅也の名前は見当たらなかった。

京阪三条で、下車した。

三井田と浜名は、鉄板焼きの店にはいった。

今日もまた、遅い昼飯になった。だが、それが少しも苦にならないくらい、食欲が減退しているのだった。

「痩せましたね、三井田さん……」

労わる目で、浜名が笑いかけた。

「あんたもだ」

三井田も笑ったつもりで、目を細めた。

「ぼくは適当に食べていますけど、三井田さんは食べないからな」

「そんなこともないさ」

「神戸での六日間に、満腹するほど食べたってことは、一度もないでしょう」

「まあね」

「病気になりますよ」

「大丈夫だ」

「気で持っているっていうんですか」

「うん」

「ぼくがいなくなれば、もっと食べなくなるでしょう」

「まあ、いいじゃないか」

「いまに、倒れますよ」

「胃袋の中が、真中雅也でいっぱいになっている」

「それを取り除くには、どうしたらいいんです」

「まずは、藤宮家と真中雅也の関係を知ることだな」

「調べる方法が、ありますかね」

「いちばん手っ取り早い方法は、藤宮家に電話をかけて訊いてみることだ」

「藤宮家に電話をかけると、声をテープに録音されるんじゃないですか」

「どうして」

「まだ録音装置が、セットされたままになっていたりして……」

「被害者の遺体が見つかってから、脅迫電話をかけてくる犯人なんていないだろう。もう藤宮家には、警官もいないさ」

「そうか。じゃあ、電話をかけてみましょうよ」

浜名は、立ち上がった。

「うん」

三井田は、タバコに火をつけた。

店の奥へ消えた浜名が、すぐに戻って来た。浜名は、電話帳を手にしていた。そういうところが、マメな男だった。

浜名が、電話帳を調べた。

左京区の岡崎、西天王町にある藤宮善次郎の家の電話番号は、簡単にわかった。店の入口の近くに、公衆電話が二台ほど据(す)えてある。三井田と浜名は、電話機のところへ立っていった。

浜名が、硬貨を入れた。

三井田は、番号をプッシュした。

コール・サインが始まった。三井田は、目の前にあるカレンダーの女優の笑顔を、眺めていた。

浜名のほうが、緊張した面持(おもも)ちでいる。

「はい、藤宮でございます」

女の声が、電話に出た。

京都弁のアクセントが強く、四十年配の女の声であった。

「こちら、新聞社の者です」

そう言いながら三井田は、藤宮家に四十歳になるお手伝いがいるという新聞の記事を、思い起こしていた。

「はあ、記者さんで……？」

女の声が、おっとりと応じた。

「失礼ですが、お手伝いさんですか」

三井田はなおも、カレンダーの女優の顔を見つめていた。

「はあ」

「あなたはもう十年以上も、藤宮家にいらっしゃるんでしょう」

「はあ」

「だったら、ご存じだと思うんですがね。真中雅也っていう男性を……」

「真中さん……」

「真ん中と書いて真中、ミヤビにナリで雅也です。ご存じですか」

「はあ、よく知っております」

「その真中雅也さんと藤宮家とは、どういう関係にあるんでしょうね」

「どういう関係かて、真中さんは頭取のお従弟さんでございます」

「藤宮善次郎さんの従弟ですか」

「頭取の亡くなられた叔母さんのお子でして……。ここ五、六年は遠のいておいでですけど、それまでは真中さん、ようお越しになっておられましたなあ」

藤宮家のお手伝いは、慎重な口ぶりでありながら、余計なことまで喋ったようだった。

「ありがとうございました」

三井田は、電話を切った。

送受器に耳を近づけていたので、浜名にもお手伝いの声は聞こえたはずである。生まれて初めて接した珍しい品物に、子どもが驚いているような顔で、浜名は三井田を見上げていた。

三井田もしばらくは、席へ戻ることを忘れていた。

藤宮善次郎と真中雅也は従兄弟同士――。

犯人と被害者の実父には、血のつながりがあったのだ。

第四章

着陸の顔

1

三条から嵯峨へ、タクシーを走らせた。東から西へ、京都市を横断することになる。嵯峨は、京都の市街地の西の端であった。全体的にいえば、郊外である。

嵯峨より西は山林であり、すぐに保津峡だった。

東に嵯峨野のたたずまいがあり、北には広沢池や大沢池を見る。南は桂川と嵐山に接し、西には小倉山がある。

いかにも京都らしい観光の宝庫だが、それは旅行者にとっての話だった。京都市の住民にしてみれば、生きていくための土地であり、生活の場というものであった。

嵯峨周辺は、新興住宅地として発展しつつある。

京都の中心部よりも、建物が近代的であった。

京都市に高層ビルが建ち並ぶとしたら、おそらく嵯峨のような郊外の新興住宅地から始まるに違いない。

山陰本線の嵯峨駅や、京福線の鹿王院（ろくおういん）の付近には、新しい町が構成されていた。住宅、団地、商店街、公設市場、バス会社、学校、官公庁の出先機関などが、鉄道を中心に独立した町を形作っているのである。

そのせいか、超近代的なマンションの建物を見ても、奇異な印象は受けなかった。むしろ、京都郊外に建てられた近代的な高級マンションという意味で、新鮮な感じさえしたのだった。

十一階建てで、真っ白な建物である。細長い造りなので、ビルというより塔と表現するほうがふさわしい。

その白い塔が、『シャトー天竜』だった。天竜という名称は、近くにある嵯峨天龍寺から取ったのだろう。

別荘ということで宣伝しているらしく、一種のリゾート・マンションであった。地階に屋内プールがあるためか、建物の周囲が駐車場になっている。

駐車場には色とりどりの乗用車が停（と）めてあり、巡回するガードマンの姿も認められた。

まだ新しい建物で、ここでもまた真中雅也は、完成直後のマンションに入居したのに違いない。

入口の外から中をのぞいただけで、出入りの自由を許さないマンションだとわかった。別荘も兼ねる高級マンションとしては、入居者のプライバシーと快適な生活を守ることを、強く謳(うた)っているのだろう。

最初の自動ドアは、簡単に開くことになっている。

だが、その奥のガラス扉は、やたらな人間の出入りを拒むのであった。訪問者はインターホンで、目的とする部屋の住人と直接、言葉を交わさなくてはならない。

訪問者を受け入れるときは、住人が部屋にあるスイッチによって、玄関のガラス扉を開放する。

日本でも高級マンションのあいだで、急速に普及しているシステムである。そうしたシステムがどうあろうと、三井田の知ったことではない。

だが、いまは実に不便で、腹の立つ小細工であった。

三井田が直接、真中雅也や沙織と話をするわけにはいかないのだ。三井田は沙織にとって、絶対に受け入れたくない来訪者のひとりということになる。

浜名もまた、同じである。

偽名を用いても声を変えても、真中や沙織が必要とする相手でない限り、玄関のガラス扉が開くことはない。

自動ドアをはいって、左側が受付になっている。

ガラス張りの受付の中には、管理人のほかにガードマンがいた。ガードマンが人の出入りを、チェックしているのだ。

「まずいですね」

浜名が、眉根（まゆね）を寄せた。

三井田は、塔のようなマンションを振り仰いだ。

この建物の中に現在、沙織がいるのではないか。

十日間かかって、突きとめた沙織の居場所なのである。いまマンション内に沙織がいるとしたら、彼女と三井田の距離は数十メートルにすぎなかった。

それでいて、これ以上は近づけない。敵の牙城（がじょう）に迫りながら、手も足も出ないとはこのことであった。

「どうしたらいいか」

低い声で、三井田はつぶやいた。

「三井田さんに、お任せしますよ」

浜名は、珍しく消極的になっていた。

彼は、沙織と会いたくないのである。沙織と顔を合わせるのが、恐ろしいのだろう。もちろん、三井田と一緒のところを沙織に見られたくないし、沙織との対面の場を三井田に見られたくないという気持ちも、浜名にはあるのだった。

おそらく、沙織が姿を現わすということにでもなったら、浜名は逃げ出すに違いなかった。

「とにかく……」

三井田は、歩き出した。

浜名は、動かずにいた。

自動ドアがあいたところで、三井田はサングラスをかけた。

郵便物・新聞用のボックスとインターホンがずらりと並んでいて、そのうえに入居者の名前とルーム・ナンバーを記したプレートが取り付けてある。

三井田は、真中雅也の名前を捜した。『七〇二号室・真中雅也』とあるプレートが、三井田の目に触れた。

その瞬間に、三井田の心臓がズンと鳴った。

やはり、いまでも真中雅也は、ここに住んでいるのだ。当然、沙織も一緒のはずである。

ついに見つけた。沙織を捜し出したという実感が湧いた。

しかし、それでいてこれから先は、どうすることもできないのであった。インターホンのボタンを押せば、沙織が出るかもしれない。

インターホンのボタンを押してやろうかと、三井田は衝動的なものを感じていた。離婚届に署名捺印するだけと言えば、沙織はそれに応ずるのではないか。

だが、もし黙ってインターホンを切られてしまったら、それまでということになる。三井田ひとりで、このマンションの非常口まで見張ることは不可能だった。

ほかにも従業員の通用口とか、管理事務所の出入口とか、平常は使用されていない地階の扉とかがあるはずであった。そうしたところから抜け出して、沙織が逃げるということも考えられる。

そうなったら、ここまでたどりついたことも、ご破算だった。

罠に近づいた獲物を、罠にかからないからといって、何も追い払うことはない。やはり、インターホンのボタンは、押さないほうがいい。

では、ここまで来ていながら、引き下がらなければならないのか。

三井田は、迷っていた。

その三井田を、受付のガードマンがじっと見ている。

三井田は、ガードマンのほうへ顔を向けた。

目が合った。

とたんにガードマンは、窓口へ乗り出すようにした。

「何か、ご用ですか」

ガードマンの声が、ガラス張りの空間に響いた。

三井田は黙って、受付の窓口に近づいた。サングラスをかけた三井田を、ガードマンは胡散臭そうな目で待ち受けていた。

「ここにいる知り合いを訪ねて来たんですけどね、留守かもしれないなってふと思ったんですよ」

腰を屈めて三井田は、窓口に顔を寄せた。

「どなたを、お訪ねですか」

ガードマンはまだ若いのに、表情も口調もひどく事務的だった。

「七〇二号室の真中さんです」

三井田は、外にいる浜名へ視線を走らせた。

浜名は、自分と三井田のスーツ・ケースを並べて、それに腰をおろしていた。

「真中さんですね」

日誌みたいなものを引き寄せて、ガードマンはあちこちのページを開いた。

「真中さんは、お留守ですよ」

ガードマンが言った。

「そうですか」

三井田は、腰を伸ばした。

「旅行となっていますね」

「奥さんも、一緒ですか」

「ご夫婦で旅行、とありますから……」

「旅行先は……」

「そこまでは、記入されてません。人によっては、旅行先や連絡先まで言い置いていかれますがね」

「いつごろ、出かけたんです」

「ご出発は、九月十五日となっていますね。先月の十五日だから、もう二十日以上になりますか」

「ずいぶん、長いな」

「海外旅行かもしれませんよ」

「帰る予定も、はっきりしていないんですか」

「旅行期間については、一、二カ月とあるだけです」

少しも同情していない顔で、ガードマンは言った。

「どうも……」

三井田は、受付の前を離れた。

ズシンと、気が重くなっていた。

旅行期間が一、二カ月とは、ずいぶん漠然としている。行く先もまた、調べようがなかった。

このまま、帰ってこないということも、あり得るのではないだろうか。そうだとしたら、沙織を捜し出したということにはならないのである。

牝豹（めひょう）を再び荒野に放って、それを追いつめることは難しい。

あと一カ月も待つということは、できない相談だった。そうかといって、やみくもに捜し回るわけにもいかないのだ。ガードマンの言葉どおり、日本にはいないということも考えられる。

「そうですか」

三井田の話を聞いて、浜名は深々と溜息（ためいき）をついた。

「ここにいても、仕方がない」

三井田は、スーツ・ケースを手にした。

「せっかく、ここまで追いつめておきながら……」

浜名は歩きながら、足を引きずるようにしていた。

「どうするか、これから考える」

まるで相手の人間に伝えるみたいに、三井田は塔のような建物を振り返って、そう口にした。

「でも、まあいいじゃないですか。ここに沙織さんがいるということだけでも、確認できたんだから……」

気をとり直すように、浜名は強いて笑って見せた。

三井田は、無言であった。

「また、それだけに手ぶらで引き揚げるのが、悔しくてしようがないってことになるんですが……」

浜名は、三井田の胸中を察してか、そのように付け加えた。

「あんたも、最終の新幹線まで遅らせることはないだろう」

三井田は、急に足を早めていた。

「もう京都にいても、やることがないんですね」

浜名が、三井田の背中に言った。

山陰本線の嵯峨駅まで歩いた。

嵯峨駅で、園部からくる快速に乗った。十六時十二分に、京都駅についた。

浜名は、十六時四十一分の新幹線に、乗ることになった。彼はやたらと、京都名産のみやげものを買い込んだ。

三井田は浜名と一緒に、ホームで列車を待った。

「どうも、お世話になりました」

浜名は笑いながら、どことなく寂しげであった。

「ご苦労さま」

三井田も、笑顔を作った。

浜名の白いスーツが、全体的に薄汚れた感じになっていた。それがこの九日間、三井田と行動をともにしたことの証でもあるのだ。

「最後まで見極めないで帰るのは、心残りなんですが……」

「いや、そのほうがいいかもしれない」

「またいつか、会えると思うんですがね」

「あんたの結婚式には、声がかかるんじゃないかな」

「藪塚まで、来てくれますか」

浜名はスーツ・ケースと、みやげものを詰めた紙袋を、両手に提げた。

列車が、はいって来たのである。

「行きますよ、必ず……」

三井田は指先で、サングラスを押し上げた。

列車が、停止した。ドアがあいて、何人かの男女が吐き出される。京都で下車する乗客は、あまり多くなかった。

「こんなことで、三井田さんとは知り合いたくなかったたって、つくづく思いましたよ」

浜名は、紙袋を持ったままの右手を差し出した。

握手に応じながら、三井田はうなずいていた。

「三井田さんは、いい人ですからね」

浜名は、列車に乗り込んだ。

「あんたもだ」

三井田は、手を挙げた。

ドアがしまって、列車が動き出した。頭を下げた浜名の姿が、すぐに見えなくなった。

ホームに、風が舞った。

三井田は、歩き出した。何となく賑(にぎ)やかな浜名正男が、もうそばにはいなかった。ひとりになったのだと、三井田は思った。

これからどうするかと、まずは孤独な思案から始めなければならなかった。

沙織がいない京都だが、ほかに行くアテもない。やはり、京都を離れるわけにはいかなかった。行動については明日になってから決めることにして、今夜の宿を確保しなければならない。

京都駅からいちばん近いホテルへ、行ってみることにした。

駅周辺にはホテルがいくつもあって、いちばん近いのはどれかという判断がつかなかった。

それで三井田は、ステーション・ホテルに泊まることにした。空室があるということで、三井田はシングルの部屋を頼んだ。食欲もなく、出かける気にもなれない。

ベッドのうえにひっくり返って、三井田は明日からのことを考えた。どこへ足を向けて、誰と会ったらいいのか。二時間がすぎたが、これといって思いつくことはなかった。

八時になろうとしていた。

浜名はもう東京について、車を運転しているころだろう。あと二、三時間もすれば、彼は群馬県の藪塚温泉について、京都のみやげを披露している。

三井田も、東京が懐かしくなっていた。懐かしむ土地があっても、そこへ帰ることはできない。

明日はいずこかと、流浪する男の心境であった。ひとつベッドに男がひとりで、あまり広くない部屋に孤独だけが一緒にいるのである。

窓から外を眺めても、所詮は別の世界であった。

夜の京都も賑やかな観光地も、三井田には無縁だった。夜景にしても、ただ目に映ずるだけのものである。

十一時すぎに、淳子のところへ電話を入れた。

「今日の昼間、三時間も友彦ちゃんと外で遊んだわ」

友彦のことを報告しながら、淳子は自分の言葉に興奮していた。

「外で何をして、遊んだんですか」

三井田は最初から、驚かされていた。

「ボール投げと砂遊びと、それから駆けっこ、縄跳びです。外っていっても、団地内ですけどね」

「すごいな」

「でしょう。一日たてば、それだけ変化するっていう感じだわ。まだ、ほかの子どもたちとは遊びたがらないし、わたしだけを相手にしているけど、三日もすればどう変わるかわかりませんよ」

「行く手に、一筋の光明を見出したって、そんな気持ちですよ」

「一筋の光明どころか、太陽が昇ってくるみたいだわ」

「夢じゃないいんだろうな」

「とんでもない」

「夢ならこのまま、永久に目を覚ましたくないですよ」

「もうわたしとは、ほとんど普通に喋るしね」

「そうですか」

「今日もまた、友彦ちゃん気にしていましたよ。お父さん、悪い人をつかまえたのか。つかまえたんだったら、いつ帰ってくるんだろうって……」

「それで淳子さんは、どう答えてくれたんです」

「もうしばらくしたら、お父さんは飛行機を操縦して、空を飛んで帰ってくるって、言っておきましたからね」

「そんな、嘘は困りますよ」

「そうしたら友彦ちゃん、本気にしたらしく、嬉しそうにニッコリしたわ。友彦ちゃんのあんなに嬉しそうな笑顔って、わたし初めて見ましたよ」

「淳子さんにも、そういう人の悪い一面があったんですか」

三井田は、怒った顔になっていた。

「いまの友彦ちゃんには、夢を持たせることがいちばんなんです。それも、最高の夢を……」

淳子ももう、笑ってはいなかった。

だが、電話を切ったあとの三井田には、浮き浮きした気持ちしか残らなかった。

突如として、三井田は歌い始めた。鼻唄であり、メロディーも口から出まかせで、勝手に作ったものだった。

「友彦のやつ、友彦のやつ、ともーひこのやーつ」

と、歌詞もその繰り返しであった。

誰も見ていない、誰も聞いていない。小さな部屋の中で三井田は、陽気な鼻唄をいつまでも続けていた。

2

翌朝、方針は決まった。

真中雅也と沙織の行方を探知するためのアンテナは、藤宮善次郎だという結論を出したのである。

あるいは、まるで役立たずのアンテナかもしれない。真中や沙織という電波を、いっさいキャッチできないアンテナということも考えられる。

しかし、ほかにアンテナが一本もなければ、アンテナらしきものに頼るしかないのだ。

藤宮善次郎と真中雅也は、いろいろな意味で深いかかわりがある。

第一に、従兄弟同士。

第二に、真中雅也は藤宮善次郎の妻と、恋愛関係にあった。

第三に、妻の自殺と真中雅也の自殺未遂は、藤宮善次郎にとってこのうえない脅威となった。

第四に、藤宮善次郎は沈黙と転居を条件に、真中雅也へ土地を贈与した。

そして第五に、真中雅也は藤宮善次郎の娘の陽子を、誘拐、殺害した。

これだけの因縁があれば、両者のいずれかが何らかのかたちで、相手のアンテナに電波を放ったとしても不思議ではないだろう。

こうなったら、藤宮善次郎に喰らいついて離れないことだと、三井田は決めたのであった。

喰らいつくには、藤宮善次郎に会うことである。

いきなり東西銀行の本店を訪れても、頭取ともあろうものが、あっさり面会に応ずるはずはない。

その前に、電話をかけておくべきだった。三井田は電話帳で、東西銀行本店の番号を調べた。

東西銀行本店は、四条河原町にある。

電話番号は大代表をはじめ、電話帳一ページの三分の一を埋めるくらいの数があった。

頭取の直通電話というのは、さすがに記載されていなかったが、『頭取室』の代表番号なら載っている。『頭取室』が頭取に、最も近いように思えた。

三井田はベッドにすわって、頭取室の代表番号を回した。電話には、言葉遣いが丁寧すぎるような男の声が出た。

「頭取と、お話がしたいんですが……」

三井田は、いきなり言った。

「は……！」

男は甲高くて、頓狂な声を出した。

「藤宮さんと、話がしたいんですがね」

三井田は、同じ注文を繰り返した。

「失礼ですが、どなたさまでございましょうか」

恐る恐る男の声が訊いた。

「三井田と申します」

「三井田さまでございますか」

「ええ」

「どちらの三井田さまでございます」

「どちらのって、三井田ですよ」

「失礼ではございますが、ご用向きはどのようなことで……」

「個人的なことです」

「個人的なお話と申しますと……」

「誘拐事件に関することで、話をしたいんです」

「報道関係のお方でしょうか」

「違います」

「警察……」

「そんなんじゃありませんよ。とにかく、藤宮さんに取り次いでくれませんか」

「それが、そうは参りませんので……」

「誘拐事件に関することっていえば、藤宮さんにとっても重大な話でしょう」

「ところが、そういうお電話は事件以来、何十本とかかって来ておりまして……」

「これは、そんなイタズラ電話じゃないんですよ」

「では、どのようなお話になりますのやら、もう少し具体的におっしゃっていただけますか」

「犯人の心当たりがあるんです」

「そういうお話でございましたら、是非とも川端署のほうにご連絡下さるようにと、これは警察当局からも申し付かっておりまして……」

「信用しないなら、それでも結構ですが、このことだけは藤宮さんに伝えてもらいたいんですよ」

「どのようなことでございましょう」

「真中雅也のことで、話がしたいって、そう言って下さい」

三井田は、声を大きくしていた。

「少々、お待ち下さいませ」

男はようやく、藤宮善次郎に取り次ぐ気になったようだった。

三井田の見幕に圧倒されもしたのだろうし、真中雅也なる個人名まで出されたとあっては、やはり無視できなかったのに違いない。

なかなか男の声は、電話に戻ってこなかった。

オルゴールの単調なメロディーが、何度も繰り返されている。

時間がかかるのは、悪いことではない。藤宮善次郎に取り次ぐふうを装うだけなら、これほど待たせることはないだろう。実際に頭取に対して、報告と説明を行っているから、手間がかかるのだ。

オルゴールの音が、途切れた。

「お待たせいたしました。大変、申し訳ございませんが、頭取はただいま会議で発言中なものでございますから……」

男は言った。

その弁解を三井田は、最後まで聞かなかった。

送受器を叩きつけるようにして、三井田は電話を切ったのである。

頭取室の男はやはり、ひと芝居打ったのだ
三井田が言ったことを、藤宮善次郎の耳には入れてない。もし藤宮善次郎が、犯人に心当たりがあって真中雅也のことで話がしたいという電話がかかっていると聞けば、何を差し置いても送受器を手にするはずだった。

たとえ娘が殺されていても、藤宮善次郎にとっては犯人なるものこそ、最大の関心事なのである。

いや、娘を殺されているだけに、犯人への憎しみは強い。娘を殺した犯人が真中雅也と聞かされて、藤宮善次郎がどうして知らん顔をしていられるのだろうか。

午後から三井田は、四条河原町まで出かけていった。

河原町の交差点から西の四条通には、銀行、信託銀行、信用金庫、証券会社が軒を連ねている。

その中で、最大の建築規模を誇る銀行が、東西銀行の本店であった。ほかの銀行は支店であり、東西銀行だけが本店というその差もあるのだろう。

大きいだけではなく、重厚にして近代的な建物だった。

その東西銀行本店で、三井田は頭取に面会を求めたが、それこそ相手にされなかった。

初対面の人間が頭取に会うときは、然るべき有力者の紹介がなければならないと一蹴された。

　三井田は三人の守衛に囲まれて、正面入口の外へ連れ出されてしまった。粘るより、仕方がなかった。

　翌日もまた、三井田は東西銀行本店の頭取室に電話を入れた。

　昨日と同じ男の声が、電話に出た。

「昨日は、大変失礼いたしました」

と、男の慇懃無礼な口のきき方にも、まったく変わりはなかった。

「イタズラ電話なら、一度でやめますよ。それに、二度も同じ名前を、言ったりはしないはずです」

　今日の三井田は、冷静さを失うまいと努めていた。

「それで、今日も昨日と同じ、ご用向きでございますか」

「当然でしょう」

「でしたら……」

「真中雅也のことで話があると、藤宮さんに取り次いで下さい」

「そのことでございましたら、昨日のうちに頭取にお伝えしておきました」

「ほんとうに、伝えてくれたんですか」
「お伝えいたしました」
「間違いないんですね」
「そんな嘘は、申しません」
「だったら、いまその人間から電話がかかっているって、改めて藤宮さんに取り次いでくれませんか」
「頭取は、ただいま……」
「会議で発言中ですか」
「いいえ、不在でございます」
「どこへ、行ったんです」
「そんなことまで、お教えする必要はございません」
「じゃあ、ひとつだけ聞かせてもらいたいことがある」
「はい」
「昨日あんたが、真中雅也のことで話がしたいという電話があったと伝えたとき、藤宮さんはどんな顔をしましたかね」
「頭取は、ひどく驚かれました」

そんな作り話まで用意されていたとは思えないし、どうやら頭取室の男は事実を述べているようであった。

「どうも……」

今日の三井田は、静かに送受器を置いていた。

しかし、このままでは藤宮善次郎に、会えそうもなかった。

何とかしなければならない。残された方法として、直訴がある。東西銀行本店へ出かけていったり、頭取室に電話をかけたりはしないで直接、藤宮善次郎にぶつかっていくのだ。

藤宮家を訪問しても、使用人のガードが固くて、玄関払いの可能性が強い。藤宮善次郎と顔を合わせて、直接声をかけるというのが、最も確実なやり方だった。

藤宮邸の門を見張っていて、藤宮善次郎が出かけるか帰るかするのを待ち受けるのである。

その夕方になって、三井田は左京区岡崎の藤宮邸へ向かった。

西天王町にある藤宮邸の東は、平安神宮であった。西側はほんの少し距離をおいて、東大路通であり、その向こうに川端警察署がある。

長い塀に囲まれて庭も広く、鉄筋コンクリート三階建ての洋風の家と、純日本家屋からなる藤宮家は、文句なく豪邸と呼ばれるにふさわしかった。

その藤宮邸の門前を三井田は、夜の八時まで行ったり来たりして待ってみたが、車も到着しないし人の出入りもなかった。

次の日は土曜日だが、祝日で銀行は休みであった。

体育の日である。

三井田は朝の八時から、藤宮邸の門の監視を始めた。

彼は夕方の五時まで、その場を動かずにいた。

その間、牛乳一本を飲んだだけだった。だが、この日もまた藤宮邸は終日、門を閉ざしたままであった。

家人が出かけることもなく、訪問客もなかった。

翌日は日曜日で、朝から雨であった。三井田はビニール傘をさして、藤宮邸の門が見通せる場所にたたずんだ。

雨の中で藤宮邸全体が、ひっそりと静まり返っている。まるで、人が住んでいない家のようだった。

誰も出かけない、誰も訪れない。

午後になった。

ビニール傘を打つ雨の音を聞いているうちに、三井田はある疑惑に捉われていた。長い時間ただ立っているだけなのだから、ありとあらゆることを考える。

その中から生じた疑惑だったが、決して退屈まぎれに思いついたコジツケではなかった。

それは、藤宮陽子を拉致して殺害したことは事実だが、当たり前な誘拐殺人事件といささか違うのではないか、という疑惑だったのである。

まず最初に思い出したのは、松下大助の言葉であった。

今度の誘拐事件の犯人は、どうも気に入らない。これほどのんびりしている誘拐犯人というのは、ほかに例がないのではなかろうか。

新潟へ向かうフルトレーラ・トラックの中で、松下大助はそのように指摘したのだった。

たとえば、脅迫電話を一日にたった一度しか、かけてこないではないか。それも五日間であっさり電話を打ち切り、身代金のこともさっさと諦めてしまった。

計五回の電話をかけて来ただけで、誘拐犯人らしい焦りも執念も感じられない。こんな誘拐犯人など聞いたことがないと、松下大助は言っていた。

では、なぜそのように風変わりな誘拐犯人なのか、ということについては松下大助も答えを出さなかった。

だが、三井田は何時間も雨の中にたたずんでいるうちに、いつの間にかその答えを出してしまったのだ。

誘拐犯人として——。

まるで、焦っていない。

のんびり、かまえている。

執念、貪欲性、迫力などにも欠けている。

諦めが早く、五日間に五回の脅迫電話だけで、あっさり打ち切った。

要求した身代金一億円に関しても、あまり騒ぎ立てなかった。

具体的で可能性のある身代金の受け渡しについて、しつこく指示しようとはしなかった。

なぜか——。

最初から犯人に、一億円という身代金を奪う意志がなかったのである。

答えは、それしか出ない。

では、どうして身代金を受け取るつもりでないのに、藤宮陽子を誘拐したうえで殺したりしたのか。

それは、誘拐が目的ではなかったからなのだ。

犯人の目的は、藤宮陽子を殺すことにあった。

ただ、殺しの動機をどうしても知られたくなかった。そのために、誘拐殺人を装ったのではないだろうか。

誘拐殺人を擬装するには、脅迫電話をかけて身代金を要求しなければならない。だから、犯人は金など欲しくもないのに、それらしい真似事をやってみた。

身代金を要求すれば、警察も世間も誘拐事件と断定して疑うこともない。犯人はその点を利用して、まんまと営利誘拐事件に見せかけたのだ。

犯人の脅迫電話にしても、そうなのである。

犯人の声は、ひとりで十分のはずだった。何も男と女の二人の声を、聞かせる必要はない。

真中雅也が、うなるように喉（のど）から絞り出して、声を完全に変えていたのは理解できる。真中は藤宮善次郎の従弟（いとこ）であり、かつては家族の一員のように藤宮家へ出入りしていた。その真中の声は、藤宮家の人間であれば使用人に至るまで、誰もが知り尽くしているのだった。

それに、真中は長いあいだ京都に住んでいて、友人や元同僚など知り合いが大勢いる。もし、まともな声を聞かせたら、あれは真中雅也だとたちまちわかってしまう。

それで、真中は極端に、声を変えたのである。

それならそれで、真中だけが脅迫電話をかけ続ければよかった。あるいは、真中の声と気づかれる恐れがあれば、沙織だけに電話をかけさせるべきであった。

いずれにしても、脅迫電話を二人でかけることには、あまり意味がない。犯人は男と女の二人組ですと、警察や世間に宣伝するようなものだった。

それなのに、わざわざ男と女が交互に脅迫電話をかけて来ているのだ。なぜだろうか――。

ひとつには、いかにも誘拐事件らしい印象を与えるための演出ではなかったのか。犯人は男と女の二人組というわけで、いかにもありそうなことだと迫真性を感じさせるのが、狙いではなかったのか。

もうひとつ、多少遊びを楽しんでいるというふうに、受け取れないこともない。当人たちに、身代金を手に入れるつもりはない。誘拐事件ごっこをやっているのだ、という気持ちのうえでの余裕がある。

そんなところから、演出や演技過剰の遊びが顔をのぞかせて、真中と沙織の二人がかりの脅迫電話ということになったのではなかったか。

三井田は、そのような疑惑を、捨てきれなくなっていたのである。

この日もまた、雨の中での張り込みは徒労に終わった。

翌日――。

十月十二日、月曜日であった。今日のうちに決着をつけると、三井田は目覚めたときから、自分に言い聞かせていた。もうこれ以上、時間を無駄にはできなかった。もう一度、東西銀行本店の頭取室に電話をかけてみる。それでラチが明かない場合には、夜になるのを待って藤宮家を訪問する。

三井田はそのように、最後のスケジュールを決めていた。

午前十一時に、東西銀行本店の頭取室に電話を入れた。初めて、若い女の声が電話に出た。

「藤宮さんに、取り次いでいただきたいんですが……」

三井田は言った。

「頭取は本日より、出張でございます」

女の声が、そう答えた。

「出張……」

「はい」

「出張先は、どこでしょう」

「沖縄県でございます」

「沖縄……」

「さようでございます」

てくれた。
「大阪から、飛行機ですね」
「はい。大阪発十三時三十五分、東洋航空九一七便でございます」
まだ若いだけに素直であり、相手が誰か確かめようともせずに、頭取室の女はそう教え
「ありがとう」
電話を切ると、三井田はスーツ・ケースに飛びついた。
大急ぎで荷物をまとめて、ホテルを出ることだった。藤宮善次郎は、大阪空港から沖縄
行きの飛行機に乗る。間違いなく藤宮善次郎に直接アタックできるときであり、この絶好
のチャンスを逃してはならない。
乱暴に衣裳戸棚をあけて、三井田はスーツをベッドのうえに投げ出した。

3

十三時三十五分発の飛行機では、あまり時間の余裕はなかった。大阪空港で、藤宮善次
郎との話し合いを終えるまでには、至らないだろう。
時間がくれば、藤宮善次郎は飛行機に乗り込まなければならない。三井田に、それを

妨げることはできないのだ。だからといって、話半分で、藤宮善次郎を見送るというわけにもいかないのである。

そうなったときには、藤宮とともに三井田も飛行機の乗客となるほかはない。喰らいついて離れないとは、そういうことなのであった。

だが、飛行機に乗るということは――。

四年前の恐怖を思い出さずとも、三井田は背筋に冷たいものを感ずる。飛行機に乗るということを考えただけで、両足がすくんでしまうのは、一種の条件反射なのに違いなかった。

しかし、いまは飛行機に乗ることを、覚悟しなければならないのである。ほかの乗りものでは、藤宮善次郎に喰らいついたまま、沖縄まで行くということはできないのだ。

飛行機が恐ろしいという理由で、このチャンスを見送ることは許されない。死んだ気になって飛行機にでも何にでも乗ろうと、三井田は咄嗟に意を決していた。

藤宮の乗る飛行機が、東洋航空の九一七便であることも、いまは歓迎すべき材料だった。三井田は、大阪空港の東洋航空営業本部長に電話をかけた。名古屋空港の営業本部長だったころの森本という男を、三井田はよく知っていた。その森本が大阪空港営業本部長に栄転したと記した年賀状を、三井田は去年の正月に受け取っていた。

「三井田君か、懐かしいねえ」

森本営業本部長は、当然のことながらのんびりかまえていた。

「ご挨拶は改めてということで、実は急なお願いがあるんです。十三時三十五分発の九一七便の席をひとつ、押さえていただきたいんですよ」

三井田は、急き込まずにいられなかった。

「九一七便は、那覇行きだな。これなら、大丈夫だよ。いまのところ、三分の二しか席が埋まっておらんのでね」

「ほかにも、お願いがあります。この便に、東西銀行の頭取が搭乗することになっているんです」

「東西銀行の頭取ね。名前は……？」

「藤宮善次郎、五十四歳です」

「はい。それで、この人をどうするんだね」

「機内で、その人と隣り合わせの席にすわりたいんですよ」

「わかった。何とかするように、カウンターと乗務員に指示しておこう」

「申し訳ありませんが、よろしくお願いします」

「あんたの声で只事ではないって察しはつくけど、あんたを信用して余計な質問はしないことにするよ」

「ありがとうございます」

「しかし、あんたはもう、飛行機が怖くなくなったのかね」

森本営業本部長の声が、また笑いを取り戻していた。

「乗客としてなら、何とか耐えられると思います」

そう答えながら三井田は、冷や汗が噴き出すのを感じていた。

五泊もした京都のステーション・ホテルを出て、三井田は新幹線で大阪へ向かった。新大阪駅から、タクシーに乗った。午後一時前に、大阪国際空港についた。

苦い思い出の地として、大阪空港に懐かしさを覚えることはなかった。四年前の三井田の恐怖と屈辱は、この大阪空港がいちばんよく知っているのだ。

やはり、時間がなかった。空港で藤宮善次郎と、話し込んでいる暇などない。飛行中の機内で、藤宮を捕捉（ほそく）するほかはなかった。どうしても、飛行機に乗らなければならないのである。

間もなく、搭乗案内が始まる。藤宮善次郎の姿を、捜し求める余裕すらなかった。一階のカウンターで航空券の料金を支払ったときも、二階のカウンターで搭乗券と交換した際も、グランド・ホステスが意味ありげな笑顔でうなずいた。

森本営業本部長は、姿を見せなかった。顔を合わせたら、事情を訊かなければならなくなると、森本は気を利かせたのに違いない。

三井田のほうからは指定しなかったが、搭乗券にちゃんとシート・ナンバーが貼りつけてあった。

すでに三井田の心臓は、痛みを感じさせるほど高鳴っていた。藤宮に会えるからというのではなく、飛行機に乗ることへの恐怖感のせいである。

待合室でウイスキーのポケット瓶を取り出すと、三井田は人目を避けてラッパ飲みした。乗客の大半が、フィンガーへ消えていた。最後まで残って、三井田はウイスキーを呷り続けた。

いくらか酔いが回って、そのせいか気持ちが落ち着いた。三井田は、ドンジリの乗客として機内へはいった。見覚えのある顔のスチュワーデスが、目礼したあと最前列のシートへ視線を転じた。

機内は八分通り、乗客で埋まっていた。だが、最前列のシートには、ひとりの乗客しかすわっていなかった。その乗客は、左側の窓際の席についていた。

五十すぎの男であった。頭は半ば白く、彫りの深い顔立ちには、知性と気品もそなわっている。善良にして温厚な紳士であり、事業家らしい貫禄も十分だった。

テレビと新聞や週刊誌の写真で、何度も見たことがある。藤宮善次郎に、間違いなかった。

三井田は、自分の搭乗券のシート・ナンバーを確かめた。藤宮善次郎の隣りの席と、ナンバーが一致していた。

その席に、三井田は腰をおろした。

藤宮は知らん顔で、窓の外へ目をやっている。どことなく、寂しそうな横顔であった。両足のあいだに、黒いアタッシェ・ケースを置いている。

しかし、いまのところ三井田は、藤宮を観察する気にもなれなかった。シート・ベルトを思いきり強く締めて、三井田は固く目を閉じていた。

滑走路へ向かうＤＣ８の機体の振動が、三井田には不気味に感じられる。パイロットとしての経験から、すべての手順が読めるだけになおさらであった。

機体が、停止した。

三井田は、全身を硬直させた。

ＤＣ８が、疾走を開始した。スピードが増す。機体が、浮上した。そのまま、急角度に上昇を続ける。

三井田は、足を踏ん張っていた。肘掛け(ひじか)の先端を、力いっぱい握りしめる。いっそう目を固くつぶり、歯をくいしばった。顔から首筋へ、汗が流れる。恐ろしさに、心臓が破裂しそうだった。

三井田は胸のうちで友彦に呼びかけながら、淳子の顔を思い浮かべていた。

水平飛行に移り、禁煙のサインが消えたことを、スチュワーデスが告げた。

三井田は、薄目をあけた。平然としている藤宮の姿を、三井田は見た。彼はウイスキーの瓶を、ポケットから引っ張り出した。口をつけて、残っていた中身を一気に飲み干した。

それに気づいて、藤宮善次郎が微笑を浮かべた。

配られたおしぼりで、三井田は水を浴びたような顔の汗をふき取った。血の気が失せていることは、三井田自身にもよくわかっていた。

恐怖感は、まだ消えていない。空を飛んでいることを忘れるためにも、藤宮善次郎と言葉を交わしたほうがよさそうだと、三井田は思った。

「青い顔をされてますけど、ご気分が悪いんですか」

藤宮のほうから、話しかけて来た。

「いや、飛行機が苦手でしてね。ただ、それだけのことです」

シート・ベルトもはずさずに、三井田は身体を固定させたままでいた。

「緊張なさらないほうが、いいんじゃないですか」

藤宮は微笑を、顔に残していた。

このDC8も操縦できる元パイロットが、乗客から緊張するなと教えられるようではと、三井田は自分に腹立たしさを覚えた。

「藤宮善次郎さんでしょう」

三井田は言った。

「はあ……？」

とたんに藤宮は、和(なご)んだ表情を消していた。

一瞬、とぼけたという感じだった。イエスとも答えていないし、彼は藤宮善次郎であることを認めたくないらしい。

「銀行の頭取が単身、出張することもあるんですか」

委細(いさい)かまわず、三井田は言葉を続けた。

「もちろん……」

藤宮は、三井田の視線を避けていた。

「随行員を何人か連れてとか、せめて秘書ぐらいをお供に、出張するのかと思ってましたよ」

「場合によっては、ひとりだけということもあるんですよ」

「沖縄には、いつまでいらっしゃるんですか」

「明日には、帰って来ます」

「大変ですね」

「いや……」

「わたしは、三井田と申します」

「三井田さん……？」

「聞き覚えが、おありですか」

「さあ……」

「二度ばかり四条河原町の本店の頭取室に電話を入れて、あなたに取り次いでくれって頼んだんですよ。電話に出た人は、間違いなく頭取に伝えたと言っているんです。それが事実なら、あなたはわたしの名前も、耳にしているはずなんですがね」

「何しろ、そういうメッセージは、数が多いものですから……」

藤宮は、顔をそむけた。

その藤宮の顔色が白くなっているのを、三井田は見逃さなかった。

「でしたら改めて、いまここで申し上げますよ。わたしは真中雅也のことで、あなたと話がしたいからって、頭取室に電話を入れたんです」

三井田は、藤宮の白い顔に目を向けた。

藤宮は黙っていたが、彼の肩のあたりに震えがあった。

藤宮善次郎は、頭取室の人間からすべての報告を受けているのである。したがって、藤宮は三井田という名前も、記憶しているのに違いない。

当然、真中雅也のことで話したいという用件も、藤宮善次郎は承知している。

それなのに、なぜ藤宮は三井田の話に乗るどころか、いっさいを無視したのだろうか。誘拐犯人に心当たりがあるということに加えて、真中雅也の名前まで出ているのだから、本来ならば藤宮は三井田の申し入れに、飛びついてこなければならないのだ。

だが、藤宮善次郎は三井田という人間の存在に、関心も示さなかった。いや、藤宮は三井田を拒絶して、逃げていたのかもしれないのである。

藤宮は、真中雅也の話を持ち出されることを、恐れているようだった。真中雅也という名前を聞いただけでも、藤宮は拒否反応を起こすという感じであった。

それは、どうしてなのか。

不倫な関係を結んだあげくに、妻を自殺に追いやった真中雅也だからなのか。

それとも、娘を殺した犯人が真中雅也であることを、藤宮は先刻ご承知でいるためなのか。

いま、三井田はこの悲劇的な被害者の父親に対しても、嵐を告げる黒雲のような疑惑を抱いていたのである。

「真中雅也を知らないとは、おっしゃらないでしょうね」

三井田は言った。

「あんたは、何者なんだ」

まるめた背中を藤宮は、三井田のほうへ向けた。

「わたしはただ、真中の行方を追っているだけの人間です」

「ここに隣り合わせにすわったのも、偶然ではないっていうわけか」

「ええ」

「わたしに付きまとって、どうしようというんだね」

「真中の居場所をご存じなら、教えてくれませんか」

「そんなことを、わたしが知るはずはないだろう」

「いま思ったことなんですがね、あなたにはお嬢さんを誘拐した犯人が真中だって、最初からわかっていたんじゃないですか」

「馬鹿なことを、言わんといてくれ。娘を誘拐して殺した犯人がわかっていて、それを警察に黙っている親がどこにいる」

「これは、普通の誘拐事件とは違うんだ」

「どこが、どう違うんだね」

「裏があるんですよ。誘拐事件に見せかけているけど、実はそうじゃない。真中と、彼と一緒にいる女は、誘拐犯人らしく脅迫電話をかけてるけど、一億円の身代金を手に入れるなんて気は、まるでなかったんでしょう」

「あほらしい」

「今度のことは、五年前の出来事に関係があるんじゃないですか」

「五年前の出来事とは、どういうことなんだ」

「あなたの奥さんが、自殺したという出来事ですよ」

「わたしの家内は、自殺なんてしていない。あれは、事故死だった」

「嘘(うそ)を言いなさんな。あなたの奥さんは、真中との不倫の恋を清算するために自殺した。真中も、あと追い自殺を図ったけど、失敗した。それ以来、真中は酒びたりの毎日で、いまではアル中だ。あなたは真中の口を恐れて、伏見にある土地をくれてやり、彼を神戸へ追い払った。そういうこともすべて、わたしにはわかっているんです」

「やめときたまえ、デタラメを並べ立てるのは……」

「やめませんよ」

「いいかげんにしてくれないか」

「あなたが何かを隠しているうちは、一歩も引きませんからね」

「機長に迷惑だって、抗議するほかはないな」

「結構ですよ。わたしも真中が犯人だって、警察に通報しますからね」

三井田は、藤宮の肩に手をかけた。

「触るな」

三井田の手を振り払うようにして、藤宮は正面を向く姿勢にすわり直した。

その藤宮善次郎の顔が、真っ白になっていた。

まるで、死人の顔だった。

「あなたが隠すんだったら、逮捕された真中が喋るのを、待つしかないでしょう」

いつの間にか、三井田はシート・ベルトをはずしていた。

「脅迫する気か」

藤宮の深刻な表情には、苦悩と恐怖の色があった。

唇からも、血の気が引いている。

「脅迫っていうことになるんですか」

「きみはわたしを、現に脅しているじゃないか」

「それはつまり、真中に白状されると、あなたも困るってことですね」

「いや、そんな……」

「わかりましたよ。あなたと真中は、ぐるだったんだ」

「違う。親が誰かと共謀して、実の娘を死なせたりするか」

「わたしもいまのいままで、そんなことがあるはずはないと思っていましたよ。世間だって警察だって、あなたには同情するだけで、犯人とぐるだなんてあり得ないことだと決めてかかっているでしょう。しかし、それが実は盲点だったたってことに、なるんじゃないですか」

「やめろ！」

藤宮は、大きな声を出した。

怒鳴ってからハッとなって、藤宮はあわてて背後を見やった。彼の声に気づいた乗客はいなかったが、通りかかったスチュワーデスのひとりが、藤宮と三井田へ不安そうな目を向けた。

「藤宮さんね、これではっきりしましたよ。あなたが最初から、真中とぐるだったんだって……」

三井田は顔を寄せるために、藤宮善次郎のほうへ上体を傾けた。

藤宮は、無言であった。

顔はますます血の気を失い、藤宮の両手と膝(ひざ)に痙攣(けいれん)するような震えが見られた。喉(のど)に渇きを覚えているのか、藤宮はしきりと唾(つば)をのみ下していた。

「どっちみち、あんたは逃げられない。だから観念して、わたしに教えてくれませんかね」

三井田の眼差(まなざ)しが、熱っぽくなっていた。

藤宮は、黙っている。

「飛行機からは、飛び降りることもできませんよ」

三井田は、藤宮の肩に手を回した。

藤宮は身体をビクッとさせただけで、三井田の手を払いのけようともしなかった。

「真中雅也は、どこにいるんです」

三井田は藤宮の耳もとで、ささやくように言った。

「沖縄にいる」

藤宮善次郎は、がっくりと肩を落としていた。

「じゃあ、あんたも真中に会いに、沖縄へ……」

三井田は驚いて、藤宮の肩に回していた手を引っ込めた。

「海外旅行をさせるために、金を届けに行くところだった」

白い乾いた唇から、藤宮は曇った声を出した。

「わたしが真中のことで話があるって電話したんで、これは日本にいさせないほうが安全だと思ったんですね」

三井田は溜息をついた。

うなずきながら、藤宮はハンカチで顔の汗をふいた。

しばらくは、言葉のやりとりが途切れることになった。

「娘を殺したのは、このわたしだ」

やがて、藤宮が項垂れて言った。

真っ赤な目からあふれ出た涙が、藤宮善次郎の膝に、点々とシミを作っていた。

三井田は言葉を失ったまま、大きく見はった目で藤宮の横顔を眺めやっていた。

4

那覇着が、十五時四十分であった。

東洋航空九一七便のＤＣ８機が着陸態勢にはいったときから、三井田は再び恐怖と闘わなければならなかった。

もう酔いは残っていないし、ウイスキーもないのである。

三井田は目をつぶり、歯をくいしばった。シート・ベルトが、痛いほど腹を締めつけている。

青い顔に冷や汗をかいて、三井田は着陸の一瞬を待った。

車輪が地面に触れたときの衝撃が、三井田にはたまらなく嬉しかった。飛行機はまだ滑走を続けていたが、三井田は目をあけることができた。

緊張感が力とともに抜けていくに従って、人心地がつくのであった。飛行機が停止したときには、顔色も平常に戻っていた。スチュワーデスと、目が合った。

スチュワーデスが、微笑した。三井田は照れ臭さに、大きく息を吸い込みながら、両手で顔をゴシゴシやった。

藤宮善次郎は口をきかなかったが、反抗的な態度も示さずにいた。三井田と行動をともにすることにも、藤宮善次郎は素直であった。

虚脱した顔つきで、重い足を引きずっていく。

幽霊のように、影が薄かった。おそらく藤宮の頭の中には、すべてが終わりだという絶望感しかないのだろう。何かを考える気力さえ、失っているのに違いない。すでに人生を諦めている男の姿だった。

三井田と藤宮は、タクシーに乗った。まだ夏が続いているみたいに、沖縄は温度も湿度も高かった。空の青さが、目にしみるように鮮やかであった。

「那覇ハーバー・ホテルへ……」

張りのない声で、藤宮が運転手に行く先を告げた。

「港町一丁目のね」

運転手が、全身でうなずいた。

そのように、土地の運転手が念を押すのでは、一流ホテルということにならない。長期滞在になるし、わざわざ目立たないホテルを選んだのに違いない。

那覇ハーバー・ホテル――。

そこに、真中雅也と沙織がいるのである。今度こそ、間違いはない。ついに居場所を突きとめたという気持ちが、三井田を緊張させていた。

二年ぶりに、沙織と顔を合わせるのだ。そのことには何の感慨も覚えずに、三井田はむしろ沙織の驚愕ぶりを期待していた。

タクシーは国道五十八号線を走り、那覇の市街地を北へ抜けた。

中心街の国道通も、マーケット街の平和通も、盛り場となる桜坂も無縁であった。

那覇の市街地の、北のはずれへ向かっているという感じである。

泊(とまり)港をすぎたところで、方角を西へ転じた。

那覇には、港が三つある。南に那覇港があり、東京や鹿児島航路の船が発着する。北にあるのが泊港で、久米(くめ)島、石垣、宮古などの島とを結ぶフェリーが発着する。

その泊港のすぐ北に、那覇新港がある。那覇新港からは、大阪航路の船が出ているのだった。

泊港の北岸から、更に北へはいったところが、港町一丁目であった。すぐ西側は海であり、北に寄って那覇新港がある。

その那覇新港を目の前にして、那覇ハーバー・ホテルはあった。

新しいが、小さなホテルだった。五階建てで、一階をロビーとレストラン、それにバーなどが占めている。

観光ホテルというより、船の乗客が気軽に一泊するような感じである。あるいは、ラブ・ホテルとして利用する男女が、多いのかもしれない。

なるほどこのホテルなら、一カ月以上も滞在を続けようと、人目につくことはないだろう。

「藤宮さんもこのホテルに、一泊することになっているんですか」

タクシーが走り去ったあと、三井田は訊いた。

「ええ」

藤宮は、顔を上げようとしなかった。

「部屋も、予約してあるんですね」

三井田は、東シナ海の紺色の海に、目を細めた。

「ええ」

先に立って藤宮は、ホテルの中へはいっていった。

「とりあえず、そのあなたの部屋に、お邪魔させて下さい」

藤宮と肩を並べながら、三井田はそう言った。

フロントで、藤宮は署名した。

小さなエレベーターに乗って、四階まで上がった。藤宮の部屋は、四一〇号室であった。

フロントにひとりだけの青年が、ルーム・キーを差し出した。

「真中たちの部屋は……」

ドアをあけた藤宮の後ろ姿に、三井田は声をかけた。

「五一〇号室です」

藤宮は答えた。

五階である。五一〇号室だから、四一〇号室の真上に位置する部屋ではないかと、三井田は天井に目をやった。

部屋は思ったより広く、手前にある大きな円卓を五脚の椅子が囲んでいた。その奥に、ベッドがあった。

ツインではなく、ダブルのベッドがひとつである。

そのベッドに、藤宮は悄然と腰を沈めた。頭をかかえるようにしていた藤宮が、やがて両手で顔を覆った。指のあいだから、嗚咽が洩れ始めた。

藤宮は、ベッドのうえに身を投げ出した。両手でベッドを叩きながら、藤宮は声をあげて泣いた。

男泣きというやつは、泣きやむまでどうすることもできない。

三井田はバルコニーに面したガラス戸の前に突っ立って、防波堤で囲まれた那覇新港と海を眺めた。水平線に限りがなく、まさに大海原だった。

号泣は、まだ続いている。

五分ほどして、ようやく藤宮は泣きやんだ。

静かになってからもう五分ばかり、三井田は時間が通過するのを待った。

「もちろん、お嬢さんを殺したくて、殺したんじゃないでしょうね」

三井田は、背中で言った。

「評判どおり、わたしと陽子は仲のいい父娘でしたから……」

藤宮の声は、かすれていた。

「だったらどうして、殺したりしたんですか」

「過失でした。ハズミというやつなんです。わたしのほうが、死ねばよかった。陽子を死なせるんだったら、わたしが殺されたほうがよかった」

「先月の五日に、あなたはお嬢さんのいる六甲山の山荘へ向かったそうですけど、その山荘で起こったことなんですね」

「そうでした」

「いったい山荘で、何があったんです」

「ハイヤーを帰したあと、わたしは山荘へはいりました。そのときはもちろん陽子は元気でいたし、笑顔でわたしを迎えてくれたんですよ」

「それで……」

三井田は円卓に近づいて、その縁に尻をのせた。

「楽しい父娘でした」

藤宮の声は、震えていた。

陽子はホット・ドッグを食べたので、あまり腹がすいていないという。では、お父さんがカレーを作ろうと、藤宮善次郎は料理に取りかかった。

牛肉や野菜を煮込んでいるあいだに、藤宮と陽子は二階のベランダへ出た。地面の傾斜を応用して建てた山荘なので、土台が一階分ぐらい高くなっている。ベランダの高さは、三階と変わりなかった。

時間は、七時半になっていた。神戸の夜景を眺めながら、父娘は他愛ない話に興じていた。

そのうちに、陽子の結婚が話題になった。藤宮が大学を卒業したら、陽子の婿のことを考えなければならないという話を持ち出した。陽子は一生を独身で通すと言いきった。結婚は絶対にしたくないと、陽子は宣言したのである。そこで父娘のやりとりは、にわかに熱っぽくなった。

「一生、独身でいるなんて、そんなことが認められるわけがない。陽子に子ができなかったら、藤宮家はどうなるんだ」

藤宮善次郎は、語調を強めずにはいられなかった。

「結婚なんて、無意味です。お父さんとお母さんを例にしたって、歴然としていますでしょう」

　陽子も、怒った顔になっていた。

「それは、どういう意味だ。死んだお母さんまで、馬鹿にするのか」

「馬鹿になんてしていません。わたしはお母さんに同情してますし、哀れにも思っています」

「お母さんが事故で亡くなったことが、どうして結婚の悪い例の見本になるんだ」

「わたし、知ってます」

「何を……」

「お母さんは、事故で死んだのと違います。お母さんは三階から飛び降りて、首の骨を折って死にはったんです。つまり、自殺です。五年前からわかっていたことを、わたしは今日まで黙っていただけです」

「何を言うんだ」

「それも、お母さんを自殺に追いやったんは、お父さんなんだから……」

「お前は本気で、そんなふうに思っているのか」

「明日は、お母さんの命日だしね。はっきり、言わせてもらいます。五年前のあの朝、三階の寝室でお父さんがお母さんを責め立てているのを、わたしドアの外で聞いてしまったんです」

「陽子……」

「浮気をするなら相手を選べ、東京の男とでも浮気するんなら世間に知れる心配もない。どうして世間体も考えずに雅也なんかとくっつくんだ。おれを追い出して雅也を婿にするなんてことができるか、今日のうちにも雅也と手を切れ。それがようできんかったら死んでしまえ……。ずいぶんひどいことを、お父さんは並べ立てていました」

「もう、やめなさい」

「お母さんは、浮気だったんじゃない。雅也おじさんとは、真剣に愛し合っていたんです」

「やめなさい！」

「愛してもいないお父さんに、あんなふうに言われて、お母さんはどんなに辛かったことか……」

「やめんか！」

藤宮は、血相を変えていた。

「発作的にしろ、お母さんはお父さんが見ている前で、バルコニーへ飛び出して身を投げたんです。それをお父さんは冷ややかに、自殺などとはおくびにも出さんと、お母さんが過って三階から落ちたって騒ぎ立てたんです」

陽子は、父親に背を向けた。

「頼むから、やめてくれ」

藤宮は、娘の肩に手をかけた。

「今日まで黙っていたのは、口に出したら惨めになるのは自分だと思ったからです。でも、わたしのお父さんへの心は、とっくに死んでました。お母さんを殺したうえに、娘の生き方まで強制せんといて下さい」

陽子は、歩き出そうとした。

「お母さんを殺した、だと……」

藤宮は陽子を引き戻して、向き直らせようとした。

「手を下さずに、死に追いやったんでしょう。殺したのも、同じです」

陽子は逆らって、父親の手を振りきろうとした。

「馬鹿者！」

逆上した藤宮は、陽子を突き飛ばした。

逃れようとして足を踏ん張っていた陽子が、激しく突き飛ばされたのだから、勢いは倍加されることになる。

陽子は体当たりをするようにベランダの柵にぶつかり、彼女の両足が宙を蹴る格好で大きく円を描いた。

次の瞬間、真っ逆さまになった姿のままで、陽子は藤宮の視界から消えていた。

藤宮はぼんやりと、地上を見おろした。雨垂れが地面を掘らないように、大小の岩石が敷きつめてあるあたりで、不自然な身体つきの逆立ちをした陽子が動かずにいた。

藤宮は山荘を出て、その裏手へ回ってみた。脳天から後頭部にかけて、出血と裂傷と陥没が見られた。息がないことによって、藤宮は陽子の死を確認した。

どうしていいのか、藤宮にはわからなかった。

明日は妻の命日、一日違いで今日が娘の命日になった。妻は三階のバルコニーから飛び降り、娘も三階の高さと変わらない山荘のベランダから落ちて死んだ。いずれも頭から、真っ逆さまに墜落しての即死である。

これも、何かの因縁だろうか。

ただ、はっきり違うことが、ひとつだけある。妻は事故死にも見せかけることができる自殺だったが、娘の場合は藤宮が殺したのであった。

過失致死にもなるし、自首したうえで情状酌量を期待すれば、刑罰はそれほど重くないだろう。だが、刑罰よりもはるかに恐ろしいのが、世間体ということになる。

娘を殺したというだけではなく、不貞を働いての妻の自殺も明らかにされる。藤宮善次郎個人の名誉、藤宮一族の体面、そして東西銀行の信用は、どうなってしまうのか。婿（むこ）であるがゆえに、責任は大きい。

陽子の死を、誤魔化（ごまか）すほかはない。

問題は、陽子が行方不明になったことを、どう理由づけするかである。いや、死体をどう処理して、それが見つかったときに、警察や世間の目をどうそらすかではないか。

架空の犯人を、作るにはどうしたらいいのか。

陽子が、誘拐される。犯人から、身代金（みのしろきん）の要求がある。だが、身代金の受け渡しがうまくいかず、警察の介入に気づいた犯人が取引を中止する。

それなら陽子が行方不明になるのも、死体で見つかるのも、当然ということではないか。

実の父親が加担しての計画だとは、誰が思いつくだろうか。

ただ、誘拐犯人だけは、実在しなければならない。しかし、それにしても実際の誘拐犯人を引き受けるのではなく、誘拐犯人を装うだけのことだから、承知させるのに困難は伴わないだろう。

誘拐もしていない、殺しもやっていない、身代金も受け取らない。誘拐犯人になりすまして、脅迫電話をかけてくるだけの仕事なのだ。

その脅迫電話も途中で打ちきって、あとは知らん顔でいればいい。何もしていないのだから、まずは安全なはずである。イタズラ電話をかけた人間が、逮捕されないと同じであった。

そして、謝礼金だけは藤宮から、もらうことができるのだ。

陽子の死体が発見されても、実在しない誘拐犯人の犯行とされる。実在しない誘拐犯人は、永久に逮捕されない。間もなく、銀行の頭取のひとり娘を誘拐したという世間が納得しそうな殺人事件は、迷宮入りになる。

藤宮善次郎の名誉にも、藤宮一族の体面にも傷はつかない。同情はされても、白い目で見られることはなかった。東西銀行に対しても、プラス面だけに作用する。

藤宮は、真中雅也のことを思い出した。真中こそ、適任者であった。元をただせば真中雅也にも責任があることだし、酔ったときの彼は怖いもの知らずだった。

藤宮は山荘から、京都のマンションに住む真中雅也に、電話で連絡した。嵯峨のマンションから、六甲の山荘まで、真中雅也は車を飛ばして来た。ただし、真中雅也は酔っていてハンドルも握れず、車を運転して来たのは三井田沙織という彼の愛人であった。

真中雅也は、藤宮の頼みを引き受けた。彼の愛人も、協力するという。

謝礼は、五千万円と決まった。

真中雅也は完全なる殺人に見せかけるために、陽子が山荘から連れ出されたように小道具を加え、首をスカーフで絞めたうえ、雑木林の中の地面に埋めた。

陽子の頭を砕いて汚れた大小の岩石も、残らず別の場所の土中に埋めた。更に、作りかけのカレー料理なども捨てたうえで、真中雅也と彼の愛人は山荘から引き揚げていった。

あとは、藤宮善次郎の単独の演技、ということになるのである。

「わたしは、運が悪い男です」

それが、藤宮善次郎の告白の結語であった。

三井田は、ガラスに映っている藤宮の姿を見た。いつの間にか、藤宮はベッドのうえにいた。正座して上体を折り、両腕で頭を隠している。その藤宮の姿が、驚くほど小さく見えた。

死期が近づいて、体力も気力もなくなった野獣を、連想させるようなベッドのうえの藤宮だった。

もう、沈黙しかないのだろう。藤宮は死んでも口をきかないのではないかと、三井田は思った。

静かだった。

海の景色には、鮮やかな色彩とともに動きがあった。それなのにこの部屋だけが、なぜこうも静かなのかと、信じられなくなるような静寂であった。

「失礼します」

三井田は、ガラス戸の前を離れた。

藤宮は、身じろぎもしなかった。

室内を突っ切って、近づいたドアの前で、三井田は振り返った。

「わたしから、警察へ連絡するつもりはありませんよ」

三井田はそう言って、廊下へ足を踏み出した。

後ろ手にドアをしめて、ゆっくりと歩き出す。すぐ左側に、階段がある。その階段を、いやいや家に帰る少年のような足どりで、三井田はのぼっていく。

踊り場を経て、五階の廊下にたどりつく。右へ曲がれば、突き当たりが四一〇号室の真上の部屋である。

ドアに、510と数字が並んでいる。

そのドアの前にスーツ・ケースを置いてから、三井田は表情のない顔でチャイムのボタンを押した。

5

ドアをあけたが、一センチの隙間も作ろうとはしなかった。

「どなた……」

女の声が、ドアの向こうで訊いた。

三井田は、返事をしなかった。

「善次郎旦那がくる時間だぞ」

男が大声を、張り上げている。

怒鳴っているのではなく、それは酔った男の声だった。

「違うみたい」

女の声が言った。

「だったら、あけないほうがいい。ルーム・サービスも、頼んでないだろう」

急にボリュームを上げたらしく、ラジオの音楽が男の声に重なった。

その瞬間に、三井田は肩でぶつかるようにして、ドアを押しあけた。苦もなくドアは大きく開放されて、悲鳴をあげながら後退する女の姿が、三井田の目の前にあった。

三井田はそこに、ストップ・モーションの映像を見たような気がした。

女の白い裸像が、凝然と突っ立っている。女は全裸であった。反射的に右手で下腹部の茂みを、左腕で胸のふくらみを隠しただけだった。

これ以上の驚きようはないという愕然となった顔で、沙織は三井田を見やっていた。華やかな美貌は、疲れによって老けたように感じられた。

ベッドのうえでは、飛び起きた男がそのまま動かなくなっていた。男もまた、全裸であった。

右手にウイスキー瓶、左手にコップを持っている。欧米人のように彫りの深い顔立ちに、凄みと甘さが印象的である。身体も大きくて、映画俳優としていつか見たような気がする美男子だった。

しかし、いかにも顔色が悪く、目の濁りようがひどかった。徹底して荒んだ男の病的な一面が、その目つきと肌の色に表われている。

二人の背景になっている空と海の青さが、鮮烈なほどに美しかった。

ラジオの音楽だけが、ガンガン鳴っている。

一歩二歩と、三井田は前に出た。

後ずさった沙織が、円卓の向こうへ逃げた。

「誰なんだ！」

　真中雅也が、怒声を発した。

　三井田は黙って、離婚届の用紙と万年筆を、円卓のうえに置いた。それから、小型の朱肉の容器を取り出した。容器の蓋（ふた）をはずして、三井田は字を書くことと拇印（ぼいん）を押す仕草（しぐさ）を、やって見せた。

　三井田は、沙織を見据（みす）えた。

　沙織は気が動転しているらしく、放心したような顔でいた。いまになって、血の気を失っていた。

「この野郎！」

　真中雅也が、ウイスキーの瓶を投げつけた。

　見当違いの壁にぶつかって、ウイスキーの瓶が割れた。

「ここへ来た目的は、これだけだ」

　抑揚のない声で言って、三井田は沙織のほうへ、離婚届の用紙を押しやった。

　沙織は寒そうに、裸身を屈（かが）めるようにして、震えているだけであった。

「これで、殺人や死体遺棄の共犯者の子どもだってことになったら、あの友彦はもう救いようもなくなる」

三井田は左手を広げては握りしめる、という動作を始めていた。

沙織は、離婚届の用紙に目を落とした。おずおずと、万年筆に手を伸ばす。

「お前は、誰だあ！」

狂ったように咆哮して、真中雅也がベッドから飛び降りた。

その真中が、一直線に突進して来た。三井田は左手の開閉を続けているだけで、真中のほうを見ようともしなかった。真中が側面に迫ったとき、三井田は後方へそれを避けていた。

同時に三井田は、一方の足を前へ突き出すようにした。三井田の眼前を通過した直後に、真中は足払いをかけられた格好で、床に転がった。

沙織が、万年筆を手にした。震える万年筆が、文字を記していく。沙織の顔には、三井田や真中の存在を忘れたような真剣さがあった。

真中が、ふらふらしながら立ち上がった。

沙織は何かに熱中しているように、字を書き続けていた。書き終わって、拇印を押す。

沙織は、三井田を見上げた。

三井田は、小さくうなずいた。

沙織は腰が砕けたように、テーブルの向こう側にすわり込んだ。

三井田は万年筆と、朱肉の容器をポケットに入れた。

「うおおっ！」

奇声を発して、真中が躍りかかって来た。

三井田の右手が、真中の胃袋のあたりに埋まった。真中は顔をゆがめて、腰を落としていた。

更に、三井田の右のストレートが、真中の顎に命中した。なぜか三井田は、左手を使わなかった。

真中は、仰向けに倒れた。倒れたというより、ひっくり返ったのである。荒い息を吹き上げるだけで、真中雅也は動こうともしなかった。

三井田は、離婚届の用紙を手にした。何事もなかったような顔でドアへ向かい、三井田は室内を振り返ることもなく廊下に出た。スーツ・ケースを持って、エレベーターの前へ足を運ぶ。

三井田はふと、まだ左手を握ったり開いたりしていることに気づいた。彼は珍しいものでも見るように、それに目をやってから、左手をポケットに突っ込んだ。

ホテルを出た。

ホテルの前に、タクシーが停まっていた。もう、いかなる旅先にも、用はなかった。東京へ帰るだけである。だとすれば、那覇空港へ向かうほかはなかった。

空港についたとき、時間は五時四十分になろうとしていた。東京行きの飛行機は、最終の一便しか残っていない。しかも、最終便は満席ということだった。

三井田は掌いっぱいに硬貨を用意して、結城淳子の家に電話を入れた。電話には、淳子が出た。切羽詰まったという感じで、初めから淳子の声も口調も深刻だった。

「いまから、すぐにお帰りになって下さい」

訴えるように、淳子はそう言った。

「何かあったんですか」

三井田は、緊張した。

「友彦ちゃんが、もう限界に来ているんです」

「限界……」

「ええ」

「何の限界ですか」

「寂しさに耐えるというか、あなたを待つ気持ちの限界というか。昨夜も、ロクに眠っていないんです。お母さんだけじゃなくて、お父さんまで自分を捨ててどこかへ行ってしまったのではないかって、友彦ちゃんは思い始めているんだわ」

「そうですか」

「お父さんはいつ帰るのか、もう待てないから迎えに行くって、今日も一日中それぱっかりなの。だから、わたしお店にも行けなくって……」

「すみません」

「そんなことは、どうだっていいのよ。ただもうわたしにも、言いようがないってことなんです」

「実は……」

「あなたが長いあいだ留守にしていたことで、友彦ちゃんは変わったわ。自立精神に目覚めたみたいに、しっかりして来たし、ひとり歩きをする気にもなったんです。でも、同時に友彦ちゃんは、あなただけが親なんだっていうとこにも、気がついたんだわ」

「明日には、帰ります」

「駄目、絶対に駄目よ。もう目的なんてどうでもいいから、すぐ帰っていらして!」

「目的は、果たしました」

「だったら、なおさら問題はないでしょ」

「いま、沖縄にいるんです」

「飛行機が、あるじゃないですか」

「最終便しかなくて、それも満席で乗れないんです」
「友彦ちゃんはいま、あなたをこの世でたったひとりの味方だと思っているのよ」
「だから何とか、明日には帰るからって、言い聞かせてくれませんか」
「友彦ちゃんは、本気にしないわ」
「遠いところにいるからって……」
「どんなに遠いところにいても、お父さんにその気さえあれば、すぐにでも飛行機に乗って帰ってくるはずだって、友彦ちゃんは信じ込んでいるんです」
「しかし、飛行機に乗れなければ、仕方がないでしょう」
「ほんとに満席で、乗れないのかしら」
「ええ」
「ほんとなの」
「何を、疑っているんだ」
「あなたが飛行機に乗りたくなくて、そんなことを言っているんじゃないでしょうね」
「とんでもない」
「じゃ、飛行機を恐れてはいないのね」
「いや……」

「恐れているの」

「一種の病気ですからね」

「やっぱり、そうなのね」

「違うんだ」

「だったら、飛行機にお乗りなさい」

「それが、無理だから……」

「旅客機だけじゃなくて、ほかにも飛行機はあるんでしょ」

「無茶だ」

「そう、そうなの」

「明日、帰ります！」

　怒鳴るように、三井田は言った。

　ヒステリックになっている淳子に、何とかわかってもらおうとしたのだった。

「それだったら、わたしももう責任は持てません！」

　淳子も大きな声を出して、乱暴に電話を切った。

　三井田は、送受器を眺めやった。途方に暮れるとは、このことだった。どうしたらいいのか、これからどこへ行けばいいのか、考えようもないのである。

最終便は、東洋航空の旅客機ではない。むかしの誼（よしみ）でと、無理を聞いてもらうこともできなかった。

海路では、なおさら遅くなる。

沖縄からは、どうしても海を越えなければならないのだ。空路も海路も駄目となれば、動きがとれないのである。

三井田はぼんやりと、空港のロビーに立ちつくしていた。

那覇から名古屋、大阪、東京、福岡の順で、それぞれ満席の最終便が飛び立っていった。

時間は、七時三十分になっていた。

旅客機だけが、飛行機じゃない。友彦ちゃんはどこからでも、飛行機に乗って帰ってくるものと信じている——。

淳子の声がそのように、三井田の頭の中でがなり続けている。

やってみるかと意を決して、三井田は歩き出していた。

空港内にある『日本フライング・サービス株式会社』の那覇営業所へ向かった。その営業所が深夜でも、飛行機を貸し出してくれることを、三井田は知っていたのである。

ライセンスと身体検査証は、いまもポケットの中にはいっている。

日本フライング・サービスの那覇営業所で、パイパーPA—31を借りることができた。

ターボ・ナバホとも呼ばれる軽飛行機で、双発のプロペラ機であった。

最大速度が、三百九十七キロ。

航続距離が、二千四百九十四キロ。

経済速度で飛んで、東京までは五時間である。

那覇空港の運輸省航空局航務課へ、フライト・プランを提出した。

受理はされたが、なかなか許可がおりなかった。滑走路の一部で、深夜の工事が行われているらしい。

十二時すぎになって、許可がおりた。

午前一時の離陸であった。

三井田は再び、淳子の家に電話をかけた。待っていたように、淳子が電話に出た。声にも曇りがなかったし、淳子は眠っていなかったのだろう。

「これから、東京へ向かいます」

三井田は、いきなりそう告げた。

「え……」

淳子は、絶句した。

「友彦にも、伝えてくれませんか」

「でも……」

「何です」

「夜中でしょ」

「午前一時に、離陸します」

「そんなことが、できるんですか」

「自分で、操縦すればね」

「じゃあ……！」

「午前六時に友彦を連れて、調布飛行場へ迎えに来て下さい」

「午前六時に、調布飛行場につくのね」

「あいつに、見せてやりたいんです」

「わかったわ」

「よろしく」

「あなた……」

それは、妻とも感じられるような淳子の呼びかけであった。

三井田は、黙っていた。

「お願い、気をつけてね」

淳子は言った。

三井田は返事ができなくて、身震いしながら電話を切った。

パイパーPA―31に、乗り込んだ。パイロットのほかに、客席には七人まで乗れる機体だった。

左側の操縦席にすわって、シート・ベルトを締めた。電源を入れて、計器類のチェックをすませた。

テープで流されている気象状況をメモする。

グランド・コントロールで、地上滑走の許可をもらい、ランナップエリアまで走り、試運転を終える。コントロール・タワーを呼んで、離陸準備の完了を告げた。

午前一時――。

離陸の許可が出た。

滑走路を、ターボ・ナバホは疾走する。スピードが、七十五ノットに達したところで、離陸した。

上昇を続ける。

寒気を感じながら、三井田は脂汗（あぶらあせ）を流していた。

有視界飛行なので、太平洋上に出る。那覇管制を離陸するまでは、二千フィート以下の高度を保つ。

気象状況は、良好である。

雲ひとつない快晴で、気流の悪いところもないようだった。恐怖感さえ忘れれば、夢の世界のように美しく夢幻的な夜間飛行となるだろう。

与論島。

沖永良部島。

徳之島。

徳之島の上空を通過したところで、高度を上げる。

東へ向かう飛行機は、奇数高度を守らなければならない。

一万千五百フィートの高度で、三宅島を目ざす。

一時間がすぎた。

三井田は、高所恐怖を感じなくなっていた。

二時間後には、自信を持つことができた。空の星を眺めながら、ふと三井田の口もとは綻んだ。

三時間後には、快適な夜間飛行になっていた。

三宅島の上空で進路を転じ、東京へ向かう。

横須賀(よこすか)VORをかすめる。

北風であった。

北上しながら、高度を下げる。

日の出、午前五時四十七分。

朝焼けの空が、美しかった。

夜明けとともに、調布(ちょうふ)飛行場は離着陸が可能になる。

登戸(のぼりと)の上空を通過した。

着陸態勢にはいる。

高度千フィート。

場周径路に乗る。

調布飛行場の滑走路には、北端に17、南端に35の数字がある。

南端の35の数字が、白く浮き上がっていた。

それを目標に、着陸する。

接地して、滑走を続ける。

右側に、コントロール・タワーがあり、その背景が朝の陽光を浴びた調布市の街になっていた。

結城淳子と友彦は、滑走路の北端の西側に立っていた。

二人は三十分前から、そこに立っていたのである。

朝露に、草が濡れていた。

点のように見えた飛行機が、間もなく鳥の大きさになった。それはまるで自信の象徴みたいに、揺るがぬ姿となって下降し、着陸したのであった。

「ついたわ」

淳子が、つぶやいた。

二人が口にした言葉は、ほかにまったくなかった。友彦は終始、無言でいた。食い入るような目で、白い機体を追っているだけだった。

三井田も、淳子と友彦の姿に気がついた。滑走を続けるに従い、二人の姿は大きくなった。

まだ、距離はある。

それなのに、淳子と友彦が眼前に迫ってくるように感じられた。

友彦が、走り出した。

五、六歩も走ったところで、友彦はまた立ち止まった。

淳子は、動かずにいる。

友彦が、右手を挙げた。
その背後で、淳子も釣られたように手を振った。
もうすぐ、機体は停止する。
爆音が、朝の空気を震わせた。
朝だ、と三井田は思った。
「お前はいま、何を見ているか」
三井田久志は声に出して、友彦に聞こえるはずもない問いかけをしていた。

この作品は1982年12月徳間文庫より刊行されたものの新装版です。

本作品はフィクションであり実在の個人・団体などとは一切関係がありません。

なお、本作品中に今日では好ましくない表現がありますが、著者が故人であること、および作品の時代背景を考慮し、そのままといたしました。なにとぞご理解のほど、お願い申し上げます。

（編集部）

徳間文庫

その朝お前は何を見たか

〈新装版〉

2019年11月15日 初刷

著者 笹沢左保

発行者 平野健一

発行所 株式会社徳間書店
東京都品川区上大崎三―一―一
目黒セントラルスクエア 〒141―8202
電話 編集〇三(五四〇三)四三四九
販売〇四九(二九三)五五二一
振替 〇〇一四〇―〇―四四三九二

印刷 製本 大日本印刷株式会社

ISBN978-4-19-894513-8 (乱丁、落丁本はお取りかえいたします)